韓國의 漢詩 29

孤山 尹善道 詩選

韓國의 漢詩 29

孤山 尹善道 詩選

허경진 옮김

평민사

머리말

　고산 윤선도는 정철 송강과 더불어 우리나라에서 가장
아름다운 우리말을 써서 자연을 노래한 시인으로 알려졌다. 송
강이 호흡이 긴 가사[長歌]를 잘 지었다면, 고산은
호흡이 짧은 시조[短歌]를 잘 지었던 시인이다. 당대에는
아직 시조라는 이름이 없었으므로, 글자 그대로 호흡이
짧은 단가가 그에게는 제격이었다.

　원래 자연의 아름다움은 봄·여름·가을·겨울에 따라
달라지므로, 철따라 바뀌어가는 경치를 다 노래하려면
가사가 제격이었다. 그런데 그는 한 편의 가사에다
자연의 아름다움을 노래한 것이 아니라, 단가 40수를
지어 철따라 바뀌어가는 자연의 여러 가지 모습을
노래하였다. 송강의 가사에서는 자연 속에 있으면서도
임금과 정치를 잊지 못하는 모습이 그려져 있지만, 그의
「어부사시사」에는 바다에서 고기잡이를 즐기는 어부의
모습만 그려져 있다. 그런데 그 어부는 고기잡이를 생업으로
삼고, 바다와 배를 삶의 현장으로 삼은 어부가 아니다.
해남에도 넓은 농장을 가지고 있고, 서울에서도 자주
벼슬이 주어지는, 그래서 고기잡이를 풍류로 즐기는 사대부였
을 뿐이다. 그래서 흔히 고산을 가어옹(假漁翁)이라
말하기도 했다. 그러나 봉림대군과 인평대군을 친히
가르치고 나라가 어지러울 때마다 목숨을 걸고
상소하였던 그가 어찌 서울의 정치 현상을 아주
잊어버릴 수 있었겠는가. 그는 정치 현장의 갈등과
고뇌가 있을 때마다 한시를 지어 표현하였다.

송강의 경우도 그렇지만, 고산의 시세계를 알기
위해서는 자연과 인생을 노래한 단가만이 아니라 자연과
함께 험난한 정치가의 길까지도 노래한 한시까지 아울러
읽어 보아야 한다. 6권 6책이나 되는 그의 문집 『고산유고』
(孤山遺稿)에는 75수의 단가가 권6 하 별집에 덧붙어 있지만,
그보다 훨씬 많은 한시가 가장 앞에 본문으로 실려져 있다.

이 많은 한시를 읽지 않고는 그의 시세계를 이야기할
수가 없는 것이다. 그의 한시 가운데는 단가와 제목이
비슷한 것도 많고, 제재가 같은 것도 많다. 그는 하나의
자연을 보거나 같은 사건을 겪으면서 두 가지의 글자를
가지고 두 가지의 형태로 노래했던 것이다. 그의 단가를
이해하기 위해서도 한시를 읽어야 하지만, 단가를 이해하기
위한 보조수단이 아니라 한시는 그의 삶 그 자체이다.

아버지의 유배지를 따라다니던 열네 살 때부터 마지막
유배지에서 돌아와 세상 떠날 날을 기다리던 여든세 살
때까지, 그는 세상을 떠나기 바로 전까지도 한시를 지었던
것이다. 그가 좋아하였던 사람들이 그의 한시에 나오고,
그가 좋아하였던 사람들에게 많은 한시를 지어 주었으며,
또한 그들의 시에 차운하여 짓기도 하였다. 세 차례 유배지의
스산한 삶이 그려지기도 하였고, 유배지에서 어버이를
그리워하는 안타까운 마음을 노래하기도 하였으며, 그가
좋아하였던 중국 시인들의 시 구절들이 여러 곳에 그 나름대
로의 표현으로 되살아나기도 하였다.

이번에 엮은 시선에서는 그의 한시를 문집에 실린
창작연대 순으로 실었다. 뒤에 덧붙인 그의 <연보>와 이
한시들을 아울러 읽는다면, 그의 총체적인 모습이
재구성될 것이다. 고산의 「어부사시사」와 「오우가」를
좋아하는 독자들에게 그의 새로운 모습을 보일 수
있었으면 다행이겠다.

1996년 6월 6일
허경진

孤山 尹善道 詩選 차례

국도에서 배를 돌리며
自國島廻舟 1600

배를 돌리며 날 저물어 돌아오는데
반쯤 취했고 반쯤은 깨어 있네.
기러기 한 마리 울면서 가는데
비낀 햇볕에 산 너머 산일세.

廻舟日暮還,　半醉半醒門.
一雁鳴猶去,　斜陽山外山.

■
* (원주) 창주공(滄洲公)의 임지인 안변에 있을 때에 지었다. 그때 공의
  나이는 14세였다.

안변으로 가는 도중에 우연히 읊다
往安邊途中偶吟 *1600*

노을 진 길에는 모래 티끌이 어두운데
비 개인 남천에 물빛 더욱 새로워라.
변방 풍토가 가까워진 걸 알겠으니
사람들 말소리가 남쪽과 달라졌네.

夕陽官路暗沙塵,　雨霽南川水色新.
始覺關山風土近,　人人音語異南人.

운을 불러 양수재에게 지어주다
贈梁秀才呼韻 *1608*

양씨 집안의 수재 이름이 자호인데
몸에 베옷을 걸쳤지만 보옥을 품었네.
꿋꿋한 소나무가 먼 산봉우리에 서 있는데
위에는 외로운 학이 있고 아래에는 호박이 있네.
세상에 쓰이지 못해 회한이 있을 뿐이지만
오늘은 다행히도 〈아양곡〉을 들었네.
그대여 오랫동안 일이 없었다고 말하지 마오.
훌륭한 보필자가 임금을 저버린 적은 일찍이 없었다오.

梁家秀才曰子浩，　被體以褐懷寶玉.
長松落落立遠峯，　上有孤鶴下琥珀.
龍鍾於世悔有耳，　今日幸聽峨洋曲.
憑君莫謂久無事，　良弼不曾棄聖辟.

날 저물어 광나루 시골집에서 자며 우연히 읊다
暮投廣津村偶吟 1610

무나물을 깨끗이 씻고
토란국을 끓였네.
반찬이 없다고 말하시지만
주인의 정이 깊이 느껴지네.

淨洗蘿萵菜, 爛煮土蓮羹
猶言無饌物, 深感主人情.

하씨 집안에 시집간 당고모의 죽음을 슬퍼하다
挽河娘 1611

이른 나이에 큰 집안에 들어가
종신토록 임금의 은혜를 그리워했네.
훌륭한 네 아들이 있어
여러 손자들과 웃으며 이야기하기에 넉넉해라.
오래 살도록 하늘이 허락하시고
그윽한 정절을 세상에서 길이 말하네.
가난하게 살았다고 어찌 한탄하랴
이를 시골 마을에 자랑할 만해라.

早歲入高門,　終身戀主恩.
肥甘有四子,　歡笑足諸孫.
壽考天斯報,　幽貞世永言.
貧居何用恨,　此可詫鄕村.

남가희의 죽음을 슬퍼하며
挽南可晦二首 *1611*

2.
삶이 있으면 죽음도 있는 법
길고 짧은 건 모두 하늘에 달렸네.
형체가 있으면 반드시 운명도 있으니
귀하고 천한 것은 사람의 일이 아닐세.
온전한 몸으로 저 세상에 돌아갔으니
떠나가는 자가 무엇을 한탄할 텐가.
우리 님의 정을 아직 잊지 못해
눈물 흘리며 무덤을[1] 바라보네.

有生卽有死,　長短皆天耳.
有形必有命,　貴賤非人事.
全而乘化歸,　逝者何恨矣.
吾人未忘情,　涕泣望蒿里.

■
1. 원문의 호리는 태산의 남쪽에 있는 산 이름인데, 사람이 죽으면 그
   영혼이 여기 와서 머문다고 한다. 변하여 무덤이라는 뜻으로 쓰인다.

수원 벽 위에 쓰여 있는 시에 차운하다
次燧院壁上韻 *1611*

유화[1] 절기를 당하여 산장에서 헤어졌는데,
천릿길 돌아올 때엔 눈이 옷 위에 가득해라.
그 언제나 세상길에서 이 몸을 빼내어
천지간에 음양이 바뀌는 것을 한가로이 볼 수 있으려나.

節當流火別山庄.　千里歸時雪滿裳.
何日脫身於世路,　閑看天地替陰陽.

---

1. 심성(心星)이 칠월 저녁에 서쪽으로 흘러간다. 그래서 음력 칠월을
   유화라고 부른다. 더위가 물러가고 곧 시원해지려는 철이다. 『시경』
   빈풍 〈칠월〉에, "칠월에 심성이 서쪽으로 기울면, 구월엔 겨울 지낼
   옷을 마련하네.[七月流火, 九月授衣.]"라고 하였다.

새벽에 길을 가며

曉行 *1612*

은진현 지나가자 들판이 끝없는데
나그네 새벽길에 달도 없구나.
멀리서 깜박이는 게 주막 불빛인지 아닌지
잠이 쏟아져 말까지 괴롭히네.
동서남북 가는 길을 별들이 알려 주고
길과 다리는 말이 혼자서도 아네.
아버님 생각하다 가을 꿈이 깨었는데
어린 것 안부가 그립기만 하구나.

恩津縣背野無際, 客子曉行無月時.
店火是非欺遠眼, 睡魔進退困勞厮.
東西南北星能告, 道路橋梁馬自知.
遙想高堂秋夢覺, 眛兒安否苦相思.

여산 미륵당
題礪山彌勒堂 *1612*

여산 고을에서 말을 멈추니
아침 햇살이 참으로 눈부셔라.
길가에 자리 잡은 돌부처
우뚝 서 있지만 형색은 해묵었네.
초가집 처마에는 지전이 늘어졌고
베옷에다 수건으로 머리를 감쌌네.
그 누가 시주한 돈인지 알 수 없지만
복을 빌었다는 것은 알 수 있겠네.
신이야 참으로 영험하시니
나도 또한 기도를 드릴 게 있지.
바라건대 신통한 의원을 만나
어버이 병환을 깨끗이 낫게 하시고,
강건히 고당에 좌정하시어
백년 장수를 점지해 주시며,
뜨락에 아들 손자들 가득 모이면
머리 끄덕이며 문안도 받게 하소서.

息馬礪山郡,　朝日正杲杲.
路傍坐石像,　兀然形色老.
茅屋垂紙錢,　布衣巾履腦.
不識何人施,　求福可知道.
神乎苟其靈,　余亦有所禱.
願得神妙醫,　親痾卽淨掃.
康寧坐高堂,　受慶遐壽考.
兒孫滿庭下,　點頭答寒燠.

병이 그치다

疾止 *1612*

병으로 고생해보지 않고서야
그 누가 평시의 즐거움을 알 텐가.
닭 울음소리와 새벽빛까지
귀와 눈을 즐겁게 해주지 않는 게 없다네.

不有疾痛苦,　誰識平居樂,
鷄聲與晨光,　莫非娛耳目.

아버님 대신 차운해 정언 강대진의 시를 갚다
代嚴君次韻酬姜正言大晉六首 1614

1.
한벽루가 선경을 차지해
정자 모습이 맑고도 시원해라.
사람으로 하여금 은총과 오욕을 잊게 하고
초목과도 더불어 잘 어울리네.
긴 여울은 소리와 모양이 좋고
뭇 봉우리의 기상도 높아라.
고질병이 고치긴 어렵지만
이끌고 구경하는데 어찌 수고롭다고 하랴.

寒碧領仙境,　爲樓淸且豪.
能令忘寵辱,　可以渾山毫.
長瀨聲容好,　群峯氣象高.
沈痾難濟勝,　携賞豈言勞.

을묘년 섣달에 남양 큰아버님의 옛집에 갔다가 느낌이 있어 율시 두 수를 짓다

乙卯臘月往南陽伯父舊宅有感吟二律 *1615*

1.

파촌 옛집에 이르러
부모님 예전에 사시던 집을 찾았네.
부엌에는 술 덮어 두던 곳이 남아 있고
벽에는 종들 일 시키던 표가 남아 있네.
나를 돌아보시고 또 되돌아보셨건만[1]
부모님 모습 뵈려 해도[2] 이제는 안 계시네.
울면 아낙네라는 말을 일찍이 알았건만
나도 모르는 사이에 눈물이 옷깃에 떨어지네.

■

1. 『시경』소아(小雅)「육아」(蓼莪)에서 나온 말인데, 복(復)은 반복한다
   는 뜻이다.
   아버님 날 낳으시고 / 어머님 날 기르시니,
   쓰다듬으며 길러 주시고 / 키워 주시고 감싸 주셨네.
   돌아보시고 되돌아보시며 / 드나들 적마다 되돌아보셨으니
   그 은혜 갚으려 해도 / 하늘이 무정하셔라.
   父兮生我,　母兮鞠我.
   拊我畜我,　長我育我,
   顧我復我,　出入復我.
   欲報之德,　昊天罔極.
2. 『시경』소아(小雅)「소변」(小弁)에서 나온 말인데, 부모를 자나깨나
   보고 싶어하고 의지하는 마음을 표현한 것이다.
   눈 뜨면 보이는 건 아버님이고
   눈 감으면 그리는 건 어머님이라네.
   靡瞻匪父,　靡依匪母.

來到琶村舍,　爺孃舊所居.
廚存冪酒處,　壁有課奴書.
顧復如將見,　瞻依竟是虛.
曾知泣近婦,　不覺淚盈裾.

면숙의 유배지로 가는 면부를 보내며
送勉夫之勉叔謫所五節 *1616*

1.
따뜻한 봄날이 되자 말라 죽었던 나무들이 다시 살아나네.
할미새는 무슨 일이 저다지 바빠 들판에서 울며 날아다니나.[1]
걱정으로 초췌해진 나그네를 임금께서 응당 가엾게 여기실 테니,
동풍이 불면 형제가 함께 돌아오라고 허락하실 테지.

陽春正屬蘇群槁,　何事鶺鴒原上飛.
聖主應憐憔悴客,　東風許作一行歸.

2.
매화를 선생이 몹시 사랑하여서
화분에다 두어 가지를 손수 심으셨었지.
그대 만나면 꽃소식을 응당 물어볼 테니
맑은 향기가 예전 그대로라고 알려 주시게나.

梅也先生甚愛之.　盆中手種短長枝,
逢君應問花消息,　爲報淸香似昔時.

■
* (원주) 면부는 홍무업(洪茂業)의 자이고, 면숙은 홍무적(洪茂績)의 자이다.

3.
홍군 형제가 꽃향기를 사랑하여
겨울에 피는 매화 한 그루를 초당에 심었었지.
지난해 봄눈 내린 뒤 꽃가에 마주앉아
맑은 술잔 주고받은 게 생각나겠지.

洪君兄弟愛芳香.　一樹寒梅置草堂.
應念去年春雪後,　花邊相對屬淸觴.

■
1. 척령은 물가에 사는 할미새인데, 들판은 자기가 평소에 살던 곳이
아니므로 자기 무리를 찾아 울면서 날아다닌다. 그 바쁜 모습이 마치
형제가 어려운 일을 당해서 도와주는 것 같다고 생각하여, 형제의 우
애를 노래한 『시경』 소아(小雅) <상체>(常棣)에서 할미새를 끌어다
썼다.
죽을 고비를 당해서도 / 형제만은 염려해 주고,
벌판 진펄 잡혀가도 / 형제만은 찾아 다니네.
死喪之威,　兄弟孔懷.
原隰裒矣,　兄弟求矣.
할미새 들판에서 바삐 다니듯 / 형제의 어려움을 급히 구하네.
아무리 좋은 벗이 있다고 해도 / 그럴 때에는 긴 한숨만 쉬네.
脊令在原,　兄弟急難.
每有良朋,　況也永歎.

겸보 숙장의 시에 차운하여 회포를 읊다
次韻謙甫叔丈詠懷二首 *1616*

2.
인간 세상의 벼슬은 단연코 바랄 수 없어
강호에 일찍 돌아가기를 오직 원했었네.
이미 고산을 향해 조그만 집을 지었으니
어느 해에나 연잎으로 만든 옷을[1] 실제로 입어보려나.

人間軒冕斷無希. 惟願江湖得早歸.
已向孤山營小屋, 何年實着芰荷衣.

■
1. 은자들이 입는 옷이다. (종산에 숨어 살았던 주옹이 벼슬을 얻기 위
해) 마름으로 만든 옷을 불사르고, 연잎으로 만든 옷을 찢어버렸다.
[焚芰製而裂荷衣.] - 공치규 <북산이문>(北山移文)

홍면숙에게 지어 주다
寄呈洪勉叔二首 *1616*

1.
우리 집 남쪽 이웃에 한 선비가 있는데
올해 글을 올려 나라 일을 논했네.[1]
세상 사람들은 자못 그대가 잘못했다 말하고
나 또한 그대가 옳은지 꼭 알지는 못하겠네만,
옛 친구의 정의가 어찌 없으랴
그대 멀리 귀양 갈 생각을 하니 긴 한숨이 나오네.
장안에 해 저물어 헤어지는 근심이 더한데
강호에 꿈이 끊어져 마음은 유유해라.
밤들며 창 밖에 눈꽃이 가득한데
대들보에 가득한 달빛이 잃었던 것을 되찾은 듯해라.

我家南隣有一士,　今歲上書論國事.
世人頗能說子非,　吾亦未必知子是.
故舊情義豈可無,　念子遠謫長嗟吁.
洛陽歲暮增離憂,　江潭夢斷心悠悠.
夜來窓外雪花密,　滿樑落月猶復失.

■
1. 면숙은 홍무적(홍무적, 1577~1656)의 자이고, 호는 백석(白石)이다.
　이이첨이 1615년에 폐모론을 내세우자, 당시에 생원이었던 그가 불
　가하다고 상소했다가 거제도로 유배가게 되었다. 인조반정 뒤에 풀려
　나 김제군수와 공주목사를 거쳐 대사헌에 올랐다. 배청파로 몰려 김
　상헌 등과 함께 청나라에 억류되었다가, 돌아온 뒤에 공조, 병조, 형
　조의 판서를 거쳤다.

2.
예전에도 유배된 사람들이 있어
지나간 역사들을 두루 읽어보았네.
혹은 날개를 움츠려 겁을 집어먹기도 하고
혹은 아름다움을 지키며 기백을 더하기도 했지
혹은 원망하며 남을 탓하기도 하고
혹은 분을 품어 성을 내기도 했지.
만약 이 가운데 한 가지라도 있으면
그대가 비록 옳아도 옳지 않게 된다네.
바라건대 그대는 성현의 책을 읽어
무궁한 이치를 더욱 구하도록 하게나.
옛것을 생각해 허물이 없도록 하고
앞으로 나아갈 뿐이지 조금도 멈추지 말게.
그대가 어찌 남들의 말을 듣겠는가마는
간절하게 권면하는 친구의 뜻이라네.

由來竄謫人,　歷觀諸往史.
或戢翼就懦,　或保美增氣.
或發怨尤言,　或含忿懷意.
如有一於此,　雖是而不是.
願子讀聖書,　益求無窮理.
思古俾無訧,　進進不少置.
子豈待人言,　切偲朋友義.

길가에 있는 사람에게 장난삼아 지어 주다
戲贈路傍人 *1617*

내 말이 참으로 시국에 맞지 않다는 것을[1]
너도 알았는데 나만 알지 못했구나.
책 읽은 것이 네게도 미치지 못했으니
타고난 바보라고 말할 수 있겠네.

吾事固非時. 汝知吾不知.
讀書不及汝, 可謂天性癡.

■

* (원주) 이 아래의 시들은 경원에 유배되었을 때에 지었다. 길가에 있
  는 사람은 홍원 기생 조생(趙生)을 가리킨다.
1. 그는 1612년 진사에 합격하였는데, 광해군 치하에서 이이첨·박승종
   ·류희분 등이 나라를 어지럽히자 1616년에 이들의 죄를 논하여 상
   소하였다. 이 상소 때문에 그의 양아버지 윤유기는 강원도 관찰사에
   서 파직되고, 그는 이듬해 2월에 함경도 경원으로 유배되었다.

길주 가는 길에서
吉州途中 *1617*

정월 스무하루 날께
말을 달려 길성 서쪽에 이르렀네.
구름이 흩어져 햇볕이 따뜻하고
바람이 부드러워 날씨도 좋구나.
나그네는 소매 늘어뜨리고 길을 가는데
들새가 정을 다하여 울어 주는구나.
집이 천리 밖이라는 것도 잊어버리고
여기에 와서는 흥이 넘치네.

孟春卄一日, 驅馬吉城西.
雲散日光好, 風和天氣舒.
征人垂袖去, 野鳥盡情啼.
忘却家千里, 於斯興有餘.

경원에 이르러 셋집에 쓰다
到慶題寓舍二首 *1617*

1.

경원도 분명히 해 나라인데
장석의 신음을[1] 배워 어디에 쓰랴.
자식 생각에 잠 편안히 못 이루실 테니
어버이 생각하노라면 눈물을 막을 수 없네.
남산은 어디에 있는지
위수는 꿈속에서도 찾아다니네.[2]
하늘가에 봄바람 부니
아득한 마음이 더해만 가네.

慶源猶我國,　安用學莊吟.
憶子眠難穩,　思親淚不禁.
南山何處在,　渭水夢中尋.
天末春風起,　增余渺渺心.

■

1. 월나라 사람 장석(莊舃)이 초나라에 벼슬하여 홀을 잡게 되었다. 얼마 뒤에 병이 나자, 초왕이 물었다. "석은 원래 월나라의 미천한 사람이었는데, 이제 초나라에 벼슬하여 홀을 잡고 부귀해졌다. 그래도 월나라를 그리워하겠느냐?" 그러자 중사가 대답하였다. "보통 사람들이 고향을 생각하는 것은 병중에 알 수 있습니다. 그가 월나라를 생각하면 월나라 소리를 낼 것이고, 월나라를 생각하지 않으면 초나라 소리를 낼 것입니다." 그래서 사람을 시켜 그를 찾아가 듣게 하였더니, 아직까지도 월나라 소리를 내었다. - 『사기』권70 「장의열전」(張儀列傳)

2.
죽고 사는 건 푸른 하늘에 달렸고
굶고 배부른 건 종에게 내맡겼네.
늙으신 아버님과 처자식들이야
생각한들 무슨 도움이 되랴.
손님을 거절하리라고 이미 마음 정했으니
내 집 문 앞에 그 누가 찾아올 텐가.
몸과 마음에 아무런 일도 없으니
책을 즐기며 읽을 수 있겠네.
책을 즐겨선 또 무엇 하려나
내 미친 버릇을 고치고 싶어서라네.

死生任蒼天,　飢飽任僮僕.
老父及妻兒,　念之亦何益.
謝客固已定,　我門誰肯屈,
身心無一事,　可以玩書籍.
玩書且何爲,　庶療吾狂癖.

■
2. 위수는 황하의 지류인데, 함양·장안 등을 거쳐 황하로 들어간다. 남
  산은 종남산을 가리키는데, 역시 이 언저리에 있다. 장안을 떠나는
  시인들이 위수를 건너게 되는데, 고향을 그리워할 때에 남산과 위수
  를 노래하였다.

잠이 깨어 어버이를 생각하다
睡覺思親二首 *1617*

1.
술이 깨자 외로운 베개 맡에서 꿈도 깨었는데
달은 서창에 가득하고 새벽 피리소리가 슬프구나.
어버이께선 평안하신지 멀리서 그리워하며
삼천리 밖에서 공연히 머리만 쳐드네.

酒醒孤枕夢初廻, 月滿西窓曉角哀.
遙想高堂安穩未, 三千里外首空擡.

2.
어버이 모시고 아침저녁으로 문안 드려야 마땅하지만[1]
종묘사직의 안위를 어찌 차마 보고만 있으랴.
효도하는 마음으로 충성했으니 충성이 바로 효도일세
충과 효를 다하기 어렵다고 그 누가 말했던가.

庭闈溫凊誠宜念, 宗社安危豈忍看.
以孝爲忠忠便孝, 孰云忠孝兩全難.

■
1. 사람의 아들 된 도리로 겨울에는 (어버이를) 따뜻하게 해드리고 여름에는 서늘하게 해드리며, 저녁에는 잠자리를 돌봐드리고 아침에는 안부를 묻는다. ―『예기』「곡례」(曲禮) 상

친구를 생각하다

思親舊 *1617*

나라와 멀리 떨어진 북쪽 변방에서도
작은 성 귀퉁이에다 오막집을 얻었네.
눈보라는 봄이 되어도 여전히 거세고
사립은 낮이 되어도 열지를 않네.
이따금 이웃집 개가 짖는 소리 들리면
혹시라도 친구가 오나 의아해 하네.
높은 산이 천 겹이나 가로막혔으니
언제나 말미 얻어 한 잔 술을 나눌 건가.

靑丘絶寒北,　蝸室小城隈.
風雪春猶壯,　柴荊晝不開.
時聞隣犬吠,　還訝故人來.
千以高山隔,　何由把一盃.

정인관암
題鄭仁觀巖四首 *1617*

1.
오농천 위에 높은 바위가 있으니
하늘이 기이한 모습을 만들고는 나 오길 기다렸네.
어버이 생각과 임금님 생각만 없다면
어찌 남쪽을 바라보며 머리를 자주 돌리랴.

娛儂川上有高臺.　天作奇形待我來.
除却思親思聖主,　何須南望首頻回.

2.
큰 시냇물 한 줄기가 곧게 흐르다 비껴가는 곳
시내 어구에 기이한 바위 모습이 눈앞에 아름다워라.
주인으로 하여금 작은 집을 짓게 한다면
씻기는 꽃도 흐르는 물도 자랑하지 못하리라.

長川一道直而斜.　川口奇巖眼界華.
若使主人開小宇,　浣花流水不能誇.

건원보를 나서며 지어 주다
出乾元贈人二首 *1617*

2.
밝은 달빛이 산을 가는 길을 비쳤는데
누가 대안도 찾아가던 배를 돌렸던가.[1]
그날의 풍류를 아무도 이어받지 못해
천 년 동안이나 쓸쓸하였네.

明月山陰道, 誰回訪戴船.
風流無敢續, 寥寂已千年.

■
* 건원보는 경원도호부의 동쪽 45리에 있는데, 정덕 병자년(1516)에 돌
  로 쌓았다. 성의 둘레가 1458척에다 높이가 7척이다. 권관 1명이 있
  다. - 『신증동국여지승람』 제50권 「경원도호부」
1. 왕휘지가 산음 살 때 한밤중에 눈이 크게 내리자, 갑자기 대안도(戴
  安道)가 보고 싶어졌다. 그때 대안도는 섬계에 살고 있었으므로, 밤에
  작은 배를 타고 그를 찾아나섰다. 하룻밤이 지나서야 그의 집에 이르
  렀지만, 문 앞에 이르자 들어가지 않고 그냥 돌아왔다. 사람들이 그
  까닭을 묻자, 그가 이렇게 대답하였다. "흥이 나서 찾아왔는데, 흥이
  다했으니 돌아가는 것이다. 어찌 반드시 친구를 만나야만 하랴."
   - 『세설신어』(世說新語)

다시 정인관암에 오르다
再登鄭仁觀巖二首 *1617*

1.
건원보 옛 요새 옆에서 말을 먹이고
오농천 가에서 말채찍을 잡았네.
술 한 병밖에는 친구도 없이
이끼 덮인 바위에 함께 올라 석양을 바라보았네.

秣馬乾元古鎭傍.　娛儂川畔着鞭忙.
一瓶酒外無朋伴,　同上苔磯看夕陽.

2.
술병 들고 정인관암에 혼자 올라서
저녁 어스름까지 돌아갈 생각을 않네.
갈매기는 물에서 잔다고 그 누가 말했던가
물가에 나는 갈매기 하나도 없네.

携壺獨上鄭仁磯,　暮色蒼然不肯歸.
誰謂白鷗元水宿,　汀州已絶白鷗飛.

곡수대
曲水臺三首 *1617*

1.
곡수대 옆에 작은 시내가 있어
눈앞에 아름다운 경치가 변방 같지를 않네.
바위 위에 앉아서 옷 걷고 발 담갔는데
머리에 밥 이고서 누군가 들밭으로 가네.

曲水臺傍有小川. 眼中佳景不如邊.
褰衣濯足坐巖上, 戴飯何人餉野田.

2.
성곽을 나서서 거닐다 작은 시내를 만나니
나그네 시름도 내 주위에 이르지 못하네.
들밥을 이고 가는 아낙네를 앉아서 보다가
왕산탄[1] 위의 밭이 갑자기 생각났네.

出郭逍遙得小川, 羈愁不敢到吾邊.
坐看饁婦戴簞去, 忽憶王山灘上田.

■
* (자주) 곡수대는 경원성 서쪽 5리 되는 곳에 있는데, 탁족대 옆이다.
  어떤 사람이 운을 불러서 절구 세 수를 지었다.
1. (원주) 왕산탄은 고산에 있다.

3.
추성² 성곽 바깥에 긴 내가 있어
출렁이며 동쪽으로 흘러 바닷가에 다다르네.
어느 날에나 돌아가 용의 갈기를 적셔
단비로 화해서 백성들의 밭에 뿌려볼까.

楸城郭外有長川.   混混東流赴海邊.
何日歸霑龍鬣上,   化爲甘雨雨民田.

달을 보고 어버이를 생각하다

對月思親二首 *1617*

1.

비 개이고 구름도 스러지자 달빛 더욱 새로워져
만리 푸른 하늘이 티끌도 없이 맑아라.
멀리서도 알겠네, 이런 밤이면 어버이께선
손자 아이들과 마주 앉아서 멀리 있는 자식 걱정하시겠지.

雨退雲消月色新.　青天萬里淨無塵.
遙知此夜高堂上,　坐對兒孫說遠人.

2.

추성에서 머리 들어 밝은 달을 바라보니
동호를 비추던 그 달빛과 같아라.
주렴 걷고 항아와[1] 이야기 할 수 있다면
어버이께서 잘 주무시고 식사 잘 하시는지 묻고 싶어라.

楸城明月擧頭看.　月照東湖也一般.
姮娥若許掀簾語,　欲問高堂宿食安.

---

1. 달나라에 산다는 선녀의 이름인데, 원래는 예(羿)의 아내이다. 예가
   서왕모에게 청하여 얻는 불사약을 훔쳐 마시고 선녀가 되어, 달로 달
   아나 달의 정(精)이 되었다고 한다. 달을 항아라고도 한다.

진호루에 올라 처마 위의 시에 차운하다
登鎭胡樓次楣上韻四首 *1617*

2.
풍광 하나하나가 내 찾던 것에 들어맞아
난간 굽이굽이 두루 돌아다니며 보네.
청주종사의¹ 힘을 기다리지 않고도
나그네 가득한 시름을 깨끗이 씻어내었네.

風光箇箇應吾求.   曲曲欄于徒倚周.
不待靑州從事力,   能鏖客子滿腔愁.

■
* (원주) 진호루는 경원성 남문에 있는 다락이다.
1. 환공(桓公)에게 주부(主簿)가 있었는데, 술을 잘 구별하였다. 술이 있
   으면 반드시 먼저 맛보게 하였는데, 좋은 술은 청주종사라 하였고,
   나쁜 술은 평원독우(平原督郵)라고 하였다. -『세설신어』(世說新語)

낙망의 시에 차운하다

次樂忘韻二首 *1617*

1.

화창한 봄인데도 여지껏 눈이 남아
인간세상 그 누가 이 추위를 믿을 텐가.
궁궁이 띠와 난초 띠도[1] 모두 좋기만 하고
수산과[2] 채복도 역시 편안하다네.
나라 사랑하는 마음으로 이 몸이야 가볍게 여기지만
어버이 생각다보면 눈물 참기 어려워라.
아득히 비낀 햇살 너머로 기러기는 날아가는데
진호루 위에 올라가 난간에 기대었네.

淸和時節雪猶殘.　誰信人間有此寒.
攬茝蕙纕皆所善,　囚山蔡服亦云安.
只緣愛國輕身易,　終爲思親忍淚難.
渺渺飛鴻斜日外,　鎭胡樓上倚欄于.

■

* (원주) 낙망은 김시양(金時讓)의 호이다. 이때 종성에 유배되었다.
1. 혜초 띠를 보고 날 버리셨나. 게다가 궁궁이 띠도 내가 띠었었지. 이
　마음의 소중한 것들을 아홉 번 죽어도 후회하지 않으리라. [旣替余以
　蕙茝 兮, 又申之以攬茝, 亦余心之所善兮, 雖九死其猶未悔.] - 『초사』
　「이소」(離騷)
　　혜초와 궁궁이 등의 향초들은 충(忠)·정(正)·인(仁)·의(義) 등을
　비유한 말이다. 소인들은 이러한 행실을 싫어하므로, 굴원은 이들의
　참소에 의해 자신이 쫓겨났다고 생각하였다.
2. 유종원이 영주에 귀양 갔을 때에 <수산부>(囚山賦)를 지었다.

45

매미 소리를 듣다
聞蟬 *1617*

칠월에도 초사흗날에야
매미 소리를 처음 들었네.
나그네 신세라서 더욱 느꺼운데
변방 사람들은 이름도 모른다네.
이슬 먹고 살기에 욕심이 없어선지
가을 부르는 소리가 정이 있는 것 같건만,
나뭇잎 떨어지니 다시금 시름겨워
서늘한 저녁 바람이 기쁘질 않네.

流火初三日,　聞蟬第一聲.
羈人偏感物,　塞俗不知名.
飲露應無欲,　號秋若有情.
還愁草木落,　未喜夕風淸.

낙망의 시에 차운하다
次樂忘韻三首 *1617*

1.
인간 세상 모든 일을 이미 잊어버렸지만
임금과 어버이에 대한 생각만은 더욱 분명해졌네.
시름 걱정은 술 깬 뒤부터 더욱 또렷해지고
아름다운 생각은 이따금 꿈속에서나 이뤄지네.
하늘은 뚝 떨어진 사막으로, 산은 바다로 이어지고
바람은 긴 들판에, 달빛은 성안에 가득해라.
서생이 강하고 굳센 뜻에 힘입으니
이 사이에서도 심지가 또한 맑을 수 있네.

人間百事已忘情.　一念君親耿耿明.
愁思偏從醒後逞,　嘉猷時向夢中成.
天連絶漠山連海,　風滿長郊月滿城.
賴有書生强狠意,　此間心地亦能淸.

낙망의 시에 차운하다
次樂忘韻 1617

나라님의 은혜가 천지에 가득하건만
이 못난 신하는 여기까지 오게 되었네.
문 닫고 들어앉아 내 잘못 생각하니
옛일을 살펴봐도 인을 구한 건 아니었네.
얼굴 들어 밝은 달을 쳐다보아도
신명 앞에 서기가 마음 부끄러워라.
아마도 전하는 자가 잘못했겠지
어질다는 말 어찌 아무렇게나 부칠 수 있겠나.

聖主恩天地,　微臣偶此身.
杜門思改過,　稽古匪求仁.
顔敢開明月,　心多愧格神.
相應傳者誤,　賢豈浪稱人.

두통을 앓으면서 할 일이 없어 <구가>를 펼쳐 읽다가 느낌이 있어 다시 앞의 운을 쓰다
屬患頭痛無聊展讀九歌有感復用前韻 *1617*

옛날 헤매이며 시를 읊던[1] 시인은
임금을 걱정했지 자신의 일을 헤아리진 않았네.
글을 지으면 예를 넘어섰고
뜻을 논해도 또한 인에 가까웠네.
내 천 곡조 노래를 부르려 해
그 누가 아홉 신에게[2] 제사드릴 수 있으려나.
술지게미 모주를[3] 조금씩 하기 어려워
빙그레 웃으며[4] 어부에게 맡겼네.

■
1. 초나라 경양왕이 자기 아우인 영윤(재상) 자란의 참소를 곧이듣고, 한수(漢水) 북쪽에 떠돌던 굴원을 양자강 남쪽으로 귀양 보냈다. 굴원이 강가에 이르러 머리를 풀어헤치고, 이리저리 거닐며 글을 읊었다. 그러다가 마지막으로 회사부(懷沙賦)를 지어 놓고, 돌을 알고 멱라수에 몸을 던져 죽었다. <구가>는 『초사』에 실린 굴원의 노래이다.
2. 초나라 양자강 유역에는 예부터 귀신에게 제사지내는 풍속이 있었는데, 이때 민중들이 귀신을 즐겁게 하기 위해서 부르던 노래가 너무 야비해, 굴원이 고쳐 지은 글이 바로 <구가>(九歌)이다. <구가>에는 상군(湘君)·하백(河伯)·산귀(山鬼)·예혼(禮魂) 등 11편이 실려 있는데, 이 가운데 일부를 합해 아홉 귀신으로 본다.

伊昔行吟子，　憂君不計身.
爲辭誠越禮，　原志亦幾人.
我欲歌千闋，　誰能祀九神.
糟醨難稍稍，　莞爾任漁人.

■
3. 세상 사람들이 모두 이욕에 취해 있으면, 어찌 자네도 술지게미를 씹고, 모주를 들이 마시지 않는가? [衆人皆醉，何不餔其糟，而歠其醨]-『초사』〈어부〉
4. (굴원이 자기 몸을 더럽히기보다는 차라리 상수에 몸을 던져 물고기의 뱃속에 장사 지내겠다는 말을 듣고서) 어부가 빙그레 웃고는, 배을 저어 가면서 노래를 불렀다. [漁父莞爾而笑，　鼓枻而去，　乃歌.]
　-『초사』〈어부〉

다시 앞 시의 운을 쓰다
復用前韻 *1617*

시루봉¹ 동쪽 기슭에서도
오막살이 초가집에다 내 몸을 맡겼네.
떠나고 머무는 것은 오직 임금의 명령에 달렸으니
죽고 사는 것도 임금의 어지신 마음에 내맡겼네.
이웃들에게 큰 웃음을 끼쳐 주고는
긴 노래로 귀신들을 감동시켰으니,
묵은 따비밭은 언제 태워야 하나
봄이 되면 농부들에게 물어 보리라.

甑岳之東麓,　茅窩貯我身.
去留惟帝命,　生死任君仁.
大笑貽隣並,　長歌動鬼神.
燒畲何日始,　春及問農人.

■
1. 증산은 부의 서쪽 31리에 있다. 산꼭대기에 시루와 같은 바위가 있
   기 때문에 이렇게 이름을 붙였다. ―『신증동국여지승람』제50권「경
   원도호부」

집을 짓고 나서 흥에 겨워
堂成後漫興 1617

맞아들이지 않아도 청산이 문 안으로 들어오고
온 산에 핀 꽃들이 단장하고 조회하네.
앞 여울 물소리가 시끄러워도 꺼리지 않으리라.
시끄러운 세상 소식을 들리지 않게 해줄 테니.

入戶靑山不待邀. 滿山花卉整容朝.
休嫌前瀨長喧耳, 使我無時聽世囂.

「김 장군전」 뒤에 쓰다
題金將軍傳後三首 *1621*

1.
유하 장군[1] 이야기를 그대는 말하지 마소
말하면 내 슬픔이 다시 도진다오.
사당 찾아가 술 한 잔 따르려 해도 술 없지는 않지만
아직 오랑캐 머리를 베어 술잔을 만들지 못했다오.

柳下將軍君莫說.　說來令我有餘哀.
尋祠一酹非無酒,　未斫胡頭作飲盃.

■
* 여기부터는 유배지가 기장으로 옮겨진 뒤에 지은 시들이다.
** (원주) 김 장군은 응하(應河, 1580-1619)인데, 정령(井嶺) 싸움에
참전했다. 명나라 조정에서 요동백(遼東伯)을 추증했다.
1. 아군이 전멸했으므로 공이 홀로 손에는 활을 들고 허리에는 칼을 차
고서, 버드나무 아래에 기대어서 활을 쏘았다. 화살이 헛나가지 않고
한꺼번에 여럿을 맞추니, 적의 시체가 무더기를 이뤘다. 이때 공은
화살을 수없이 맞았지만, 두꺼운 갑옷을 입어서 뚫고 들어가지는 못
했다. 화살이 다 떨어지자 칼로 적을 치며 강홍립을 크게 꾸짖기를,
"너희들이 목숨을 아껴 나라를 저버리고 서로 구원해주지 않는구나."
했다. 또 칼이 부러지자 빈 주먹으로 버티면서 열심히 싸웠는데, 이
때 한 적군이 뒤에서 창을 던져 드디어 땅에 엎어져 목숨이 끊어졌
다. 그래도 오히려 칼자루를 놓지 않고 노기가 발발하니, 적군들이
서로 보기만 할 뿐 감히 앞으로 나아가지 못했다. ─김응하 장군 묘비

2.
유하 장군의 영웅스런 풍모를 사람들이 말하지만
그날의 심사를 그 누가 알겠는가.
간이 땅바닥에 쏟아져도 빛나는 칼은 꼭 잡았었고
뼈는 썩었지만 뺨은 아직도 불그레하네.
항복한 두 원수를[2] 섬멸치 못해 한을 남겼지만
위세가 아직도 남아 오랑캐 괴수를 칠 듯해라.
영령이 천호성[3] 되어 가버렸으니
산하가 된 것도 아니고 우레가 된 것도 아닐세.

柳下雄風人謾說.　當時心事孰知哉.
肝塗尙握煌煌刃,　骨朽猶存勃勃䚡.
遺恨未殲降兩帥,　餘威擬擊虜渠魁.
英靈定作天弧去,　不是山河不是雷.

■
2. 참판 강홍립과 평안병사 김경서(김응서)가 각기 도원수와 부원수로
　 임명되어 조선군을 지휘했는데, 싸움이 불리해지자 "임금의 밀지(密
　 旨)가 있다"면서 오랑캐에게 먼저 항복했다.
3. 별이름이다.

아우와 헤어지면서 지어 주다

贈別少弟二首 *1621*

1.
너는 새 길을 가라지만 산이 몇 차례나 막혀 있을 테니
물결에 따르면서[1] 얼굴에 생기는 부끄러움을 어찌하랴.
헤어지려니 천 줄기 눈물이 흘러
네 옷자락에 뿌려지면 점점이 아롱지네.

若命新阡隔幾山.　隨波其奈赧生顔.
臨分惟有千行淚,　灑爾衣裾點點斑.

■
* (원주) 공의 서제(庶弟) 선양(善養)에게 지어 주었다.
* (자주) 금계 8월 25일에 보내면서, 삼성대까지 이르러 지었다.
1. (원주) 이때 돈을 바치고 속량되는 방법이 있었으므로, "물결에 따라"라는 구절은 이를 가리킨 것이다.
　그때 속전(贖錢)을 바치면 중도부처(中途付處) 한다는 명령이 내렸는데, 서울에 살던 공의 서제(庶弟)가 공을 위해 이 일을 해보려 했다. 공이 그 소식을 듣고 그를 말리면서 말했다. "의리로 보더라도 감히 할 수 없는 일이지만, 재력으로 보더라도 역시 할 수 없는 일이다." 다른 사람이 또 말하기를 "너무 괴롭게 사서 고생한다"고 하자, 공이 말하기를 "(내가 한 일이) 의로운지 아닌지는 감히 자신할 수 없지만, 고생과 즐거움에 대해서는 계산할 바가 아니다"라고 했다. – 홍성원 <시장>(諡狀)

2.
내 말은 서두르고 네 말은 느리구나.
이 길을 어찌 차마 가랴, 따라가지 못하겠네.
가장 무정하기는 가을날의 저 햇빛
이별하는 사람들 위해 잠시도 머물지 않네.

我馬騑騑汝馬遲,　此行那忍勿追隨.
無情最是秋天日,　不爲離人駐少時.

병중에 회포를 풀다
病中遺懷 1621

병마 없는 편안한 생애를 내 어찌 즐기랴.
나라 걱정 조상 생각에 언제나 근심스럽네.
산 너머 옮겨 괴롭다고 이상타 생각지 마소.
서울 바라보기엔 오히려 막힘이 없다오.

居夷禦魅豈余娛.　戀國懷先每自虞.
莫怪踰山移住苦,　望京猶覺一重無.

장자호의 시에 차운하다
次張子浩韻 *1627*

찰방과 금오랑 그리고 별제[1]
나보다 벼슬 낮았지만 낮은 게 아니었네.
다만 충성 다할 곳에 손대지 못했으니
진퇴와 미충을 그 누가 알아주랴.

察訪金吾與別提.　官卑於我亦非卑.
但無着手輸忠處,　進退微衷孰有知.

---

1. 찰방은 종6품, 금부도사는 동5품, 별제는 정6품이었는데, 고산은 몇
　년 전(1623)에 이미 금부도사 벼슬을 받았었다.

옛 시에 차운하여 가을밤에 우연히 읊다
秋夜偶吟次古韻 *1627*

성긴 대밭에 서리지며 새벽바람이 이는데
한 바퀴 밝은 달은 먼 하늘에 걸려 있네.
거문고 몇 곡조만 뜯으면서도
숨어 사는 사람은 끝없이 창랑의 흥취를 즐기네.

霜落踈篁動曉風, 一輪明月掛遙空.
幽人無限滄浪趣, 只在瑤琴數曲中.

대둔사에서 놀다가 처마에 걸린 시에 차운하다
遊大屯寺次楣上韻三首 *1627*

1.
맑은 시내 한 구비가 곧게 흐르다 비껴 흐르고
그늘진 나무색은 날 저물면서 더욱 짙어지네.
작은 봉우리 훔쳐보니 구름이 일어
지난날 계획했던 생애를 문득 잃어버렸네.

清溪一曲直而斜.　樹色陰濃晚更多.
偸眼小峯雲起處,　却忘前日計生涯.

2.
절에 이르자 날이 저무는데
맑게 놀자던 뜻은 아직도 다하지 않았네.
불전에 오르자 시냇물 울며 흐르고
섬돌에 앉았더니 구름이 일어나네.
소낙비가 아름다운 나그네를 붙들고
푸른 산은 작은 시를 바쳐,
모임이 즐거워지며 돌아갈 생각도 없어지자
술잔을 잡고서 대지팡이를 내던졌네.

■
* (원주) 절은 해남 두륜산에 있다.

到寺日將暮,　淸遊意未衰.
水鳴登閣處,　雲起坐階時.
白雨留佳客,　靑山供小詩.
團欒歸思絶,　把酒捨笻枝.

3.
누대 서넛이 푸른 가운데 있어
맑은 풍경 소리가 멀리까지 들려오네.
지팡이를 짚은 시인은 다리에 와서 쉬고
선학은 새끼를 데리고 물을 스치며 날아가네.
높은 산골짜기의 달은 부슬비를 밀어내고
상방의 스님은 저녁연기를 띠고 돌아가네.
누가 꽃다운 풀들을 빈 골짜기에 머물게 했나
섬돌 아래 해바라기가 저녁 햇빛 속에 산뜻해라.

多少樓臺間翠微.　一聲淸磬遠依依.
扶笻騷客臨橋憩,　引子仙禽掠水飛.
危峀月排踈雨至,　上方僧帶暝烟歸.
誰將芳卉留空谷,　階下葵花淨晩暉.

두무포에서 배를 거슬러 올라가며
辛未三月與李子容張子浩泛舟由頭無浦泝流而上
遊東湖三日乃還臨行自內殿賜送酒饌子容爲樂主
時夜因賦得 1631

1.
배를 저어 고향 마을을 찾았더니
산빛이 바로 황혼이네.
궁궐의 술병이 낚시꾼들을 부추기고
신선의 음악이 강마을을 움직이네.
그 누가 알겠는가 사흘 동안의 즐거움이
모두 구중궁궐의 은혜인 줄을.
종남산이 오래도록 눈 안에 있어
다시금 동대문을 향하여 올라가네.

刺舟尋故園,   山色正黃昏.
宮壺誇釣叟,   仙樂動江村.
誰知三日樂,   摠是九重恩.
終南長在眼,   還向上東門.

■
* 원제목이 길다. <신미년 삼월에 이자용・장자호와 함께 배를 띄우고,
  두무포를 거쳐 흐름을 거슬러 올라갔다. 동호에서 사흘 동안 놀다가
  돌아왔다. 떠나기에 앞서 내전에서 술과 음식을 보내었다. 자용은 이
  때 악주로 있었다. 이 일을 시로 지었다.>
* (원주) 자용의 이름은 한(澣)인데, 종실 학림군(鶴林君)의 아들이다.
  동호는 고산이다.

환희원 주막 벽 위의 시에 차운하다
次歡喜院店舍壁上韻 1631

정묘년에 고향을 떠났다 신미년에 돌아오는데[1]
세상에서는 끝없이 시비가 있었네.
오직 낚시질하기를 좋아하는데 해가 너무 적게 남았고
다행히도 밭 갈기는 바라는 대로 되었네.
지는 해에 마음은 구름 따라 북으로 가는데
가을바람에 몸은 기러기와 함께 남으로 날아가네.
어젯밤에 문득 봉래산 꿈을 꾸었는데
베갯머리에 아직도 향기로운 안개가 남아 흩날리네.

丁卯離鄉辛未歸.　　世間無限是和非.
惟欣釣水年猶少,　　且幸耕田願不違.
落日心隨雲北去,　　秋風身與雁南飛.
前宵忽有蓬萊夢,　　枕席空餘香霧霏.

■
1. 정묘년(1627)에 서울로 올라와 이듬해인 무진년(1628) 봄부터 봉림
 대군과 인평대군의 사부가 되었다. 그는 인조의 인정을 받아 5년 동
 안 다른 벼슬을 하면서도 사부 벼슬을 겸하였다. 아버지 관찰공이 세
 상을 떠날 때에 그는 유배지에 있었으므로, 상주도 없이 초상을 치르
 면서 양주 노원에 임시로 장사지냈었다. 그가 유배지에서 돌아와 십
 년 동안 경영하여, 신미년(1631)에야 해남에다 새 묘를 마련하고 고
 향으로 돌아와 이장하였다.

차운하여 답하다
次韻答人 *1631*

꽃이 지자 숲이 무성해지고
봄이 가자 날이 더욱 더뎌졌네.
천지의 근본을 가만히 살펴보니
사시가 옮아가는 대로 내맡겼네.
제비는 장미가지에서 조잘대고
꾀꼬리는 버들가지에서 노래하는데
가는 곳마다 풍광이 좋건만
아름다운 흥취를 아는 이가 없네.

花落林初茂,　春歸日更遲.
一元宜靜觀,　四序任遷移.
燕語薔薇架,　鶯歌楊柳枝.
風光隨處好,　佳興少人知.

유상주의 시를 받들어 차운하다
次奉柳尙州 1633

오사건 위로 푸른 산이 우뚝하니
사십 년 살아온 마음이 맑고도 분명해라.
만리 장풍을 타지 못하면
오호의 내 낀 물결이 내 앞길일세.
갈매기와 학으로 벗을 삼고
소나무 대나무와 잘 사귀어 형과 아우를 만들리라.
큰 벼슬도 깨끗한 벼슬도 다 필요치 않아
여러 산들을 훑어보니 물과 구름이 맞닿아 있네.

烏紗巾上碧崢嶸,　四十年心耿耿明.
萬里長風如未駕,　五湖烟浪是前程.
寧將鷗鶴爲朋黨,　好結松篁作弟兄.
大爵淸班都不要,　群山點檢水雲平.

■
* (원주) 이때 공은 처음 과거에 급제했다.

은산 객관에서 할아버지 이견당의 시에 삼가 차운하다
殷山客館敬次祖父理遺堂韻二首 *1633*

1.
갑자기 할아버지의 글씨를 보니
이번 서행길이 비로소 즐거워졌네.
날이 밝도록 잠을 이루지 못하고
빈 방에는 촛불만 눈물 흘리네.

忽瞻先祖筆,　始喜此行西.
明發未成夢,　空齋蠟燭啼.

2.
지나간 옛일을 누구에게 물으랴.
동서로 흐르는 강물만 보이네.
아마도 영위새가 있는지
은근히 날 위해 울어 주네.

憑誰問往事,　惟見水東西.
倘有令威鳥,　慇懃向我啼.

내가 어렸을 때에 이견당 할아버지께서 일찍이 관서지방의 방백이 되셨다는 말을 들었었다. 또 평양에다 군자루(君子樓)를 세웠고, 그 사실이 『평양지』에 기록되었다는 말도 들었었다. 지난번 평양에 왔다가 군자루에 대해 물었더니, 요즘 사람들은 알지 못했다. 이는 반드시 병란에 불타 버렸을 것이다. 이번에 이 고을에 왔다가 갑자기 객관 대들보를 보았더니, 그 위에 할아버지의 작은 절구가 걸려 있었다. 글자의 획이 완연해서, 볼수록 서글픈 마음을 이길 수 없었다. 아아, 내가 네 살 때에 할아버지께서 돌아가셨는데, 이제는 그 얼굴을 겨우 비슷하게 기억할 뿐이며, 어루만지며 길러주시던 자취도 겨우 한두 가지밖에 기억나지 않는다. 임진왜란 뒤에 할아버지께서 서울 밖에다 지으신 집은 하나도 남아 있지 않으니, 어디에 가서 그 머무시던 모습을 생각하고, 그 의젓한 몸가짐을 그려볼 수 있겠는가. 이 현판을 보니 먹빛이 아직도 새로워, 이 집이 바로 당시의 옛집이었음을 알 수가 있다. 올라가 편안히 쉬시던 곳이고, 거처하면서 웃고 이야기하던 곳이었으니, 어찌 옛날 모습과 달라졌겠는가. 거닐며 둘러보는 사이에 황홀스럽게도 할아버지의 모습이 눈에 들어오고, 목소리가 귀에 들어와, 어렴풋이 보이는 것 같았고, 삼가 들리는 것 같았다. 할아버지께서 이 고을에 봄나들이를 하신 때가 바로 임신년 늦봄이었으니, 지금부터 62년 전이다. 옛 자취를 물으려 해도 알 사람이 없고, 오직 산만 예스럽게 서 있고, 물만 유유히 흘러갈 뿐이다. 선조를 그리워하고 길이 생각하는 마음을 어찌해야 좋단 말인가. 할아버지의 묘소는 해남에 있고, 집도 역시 그곳에 있다.

올해 봄 과거에 급제한 뒤에 국상(國喪)을 당하게 되어, 묘소 앞에 가서 급제 소식을 아뢰지 못하고 서울에서 떠돌아다닌 지가 다섯 달이나 되었다. 국상이 지난 뒤에 고향으로 돌아갈 뜻을 임금께 아뢰었더니, 갑자기 대궐에서 이 직함(경시관)을 내리시어 관서지방의 시험을 맡아보게 하셨다. 나는 고향으로 돌아갈 날이 차츰 멀어지는 것을 답답하게 여겼으며, 사람들도 역시 내가 먼 길 떠나는 것을 탄식하였다. 그러다가 오늘에야 남쪽으로 가지 않고 서쪽으로 오게 된 것이 바로 신명의 도우심이며 성은의 두터운 덕이라는 것을 알게 되었다. 이 집을 보게 되어 내가 조상께서 남긴 것을 드러내고 잊지 않으려는 마음을 일으키게 되었으니, 이번 길을 오지 않았더라면 어찌 이 집을 볼 수 있었겠으며, 성은이 없었더라면 어찌 이번 길을 올 수 있었겠는가. 탄식하던 나머지를 글로 나타내지 않을 수 없기에, 거칠고 못난 재주를 잊고서 삼가 원운을 따라 짓고, 또 다하지 못한 뜻을 후세에 알리고자 한다. 숭정 6년 계유 7월 26일 손자 선도는 쓰다.

묵매
墨梅 *1633*

사물의 이치에 감상할 거리가 있어
매화를 버리고 묵매를 취했네.
아름다움을 품으면 가장 아름다운 걸 알았으니
겉모양 꾸미는 것이 어찌 좋은 감이랴.
스스로 감추어 옛 성현을 따르고
티끌 속에 함께 묻혀 속세의 시샘을 피하네.
복사꽃과 오얏꽃을 돌아다보니
시중이나 들기에 알맞겠구나.

物理有堪賞,　捨梅取墨梅.
含章知至美,　令色豈良材.
自晦追前哲,　同塵避俗猜.
回看挑與李,　猶可作輿臺.

환희원 벽에 걸린 시에 차운하다
次韻歡喜院壁上韻 *1633*

환희원 가운데 환희가 없으니
강남으로 돌아가는 나그네가 한숨만 길게 쉬네.
아직 경륜도 펼치지 못하고 여기 병들었으니
억만 창생을 어느 날에야 소생시키려나.

歡喜院中歡喜無,　江南歸客興長吁.
經綸未展病於此,　萬億蒼生何日穌.

* 환희원은 공주 남쪽 35리에 있는 역관이다.

가야산에 노닐다
遊伽倻山二首 *1635*

1.
가야산 신선[1] 떠난 지가 벌써 천 년인데
가야산에 와서 이 신선 찾는다니 우습기만 해라.
흘러오는 술잔에 붓을 적신 곳이 훌륭한 자취 아니니
사람 세상 피하려 한 뜻을 이제야 알겠네.

伽倻仙去已千年.　堪笑伽倻訪此仙.
泚筆流觴非勝跡,　也知都在避人前.

2.
아름다운 경치를 좋은 때가 지나서 찾아
단풍도 들지 않고 꽃도 없는 게 한스러워라.
천 봉우리를 하루아침에 흰 구슬로 꾸몄으니[2]
여러 신선들이 내게 많이 베푸는 것을 비로소 알겠네.

探勝參差後歲華,　恨無紅樹亦無花.
千峯一夜粧珠玉,　始覺群仙餉我移.

■
1. 최치원이 가야산에 자취를 감추고 살다가 어느 날 아침에 일찍 일어
   나서 집을 나갔는데, 갓과 신발만 숲속에 남겨 놓고 어디로 갔는지
   알 수가 없었다. 해인사의 스님들이 그 날을 받아 영정을 독서당에
   봉안하고 제사를 올렸다. 독서당의 빈터는 해인사 서쪽에 있다.
2. 밤새 눈이 내려 하얗게 덮였다.

죽은 아들 진사 의미를 슬퍼하며
亡子進士義美挽 *1636*

통곡한다고 자식이 말하지는 않지만
그 재주 참으로 짝이 없었네.
착하게 살아온 스물다섯 해
백천 년 죽음이 슬프기만 해라.
네 아내 자결하여 함께 묻히고
세 아이는 하늘이 남겨 놓았으니,
가을바람 불고 달 밝은 밤이면
내 어찌 다락에 차마 오르겠느냐.

有慟非言子,　其才實寡儔.
溫良卄五載,　悲悼百千秋.
同穴婦之決,　三孩天所留.
西風明月夜,　那忍上書樓.

오운대에서 짓다
五雲臺卽事 *1637*

오운대에서 높직이 베고 누우니
산 밖으로 뜬 구름이 지나가네.
깊은 골짜기에선 솔바람 소리가 들리고
맑은 바람이 내 왼쪽으로 불어오네.

雲帶高枕臥.　山外浮雲過.
絶壑有松聲,　淸風來我左.

---

* (원주) 오운대는 부용동 서쪽에 있다.

낚싯배
釣舟 *1637*

긴 도롱이에 작은 삿갓 차림으로 푸른 소에 걸터앉아
연기와 노을을 소매로 떨치며 그윽한 골짜기를 나서네.
저녁에 갔다가 아침에 오면서 무슨 일을 하던가.
바닷가에서 한가롭게 낚싯배를 가지고 논다네.

長蓑短笠跨靑牛.　袖拂烟霞出洞幽.
暮去朝來何事役,　滄洲閑弄釣魚舟.

낙서재

樂書齋 *1637*

한 줌 띠풀집이 비록 낮아도
다섯 수레의 책은¹ 또한 많아라.
어찌 한갓 내 걱정만 없애랴
내 잘못도 깁기를 바라네.

一把茅雖低,　五車書亦夥.
豈徒消我憂,　庶以補吾過.

■
* (원주) 부용동 격자봉 아래 있다.
1. 혜시의 학설은 다방면에 걸쳤고 그의 책은 다섯 수레나 되지만, 그
   의 도는 복잡하고 그의 이론은 사물의 이치에 들어맞지 않는다. [惠
   施多方, 其書五車, 其道舛駁, 其言也不中.] 『장자』 제33편 「천하」
   그 뒤 두보가 "남자라면 반드시 다섯 수레의 책을 읽어야 한다.[男兒
   須讀五車書.]"라고 하였다.

황원잡영

黄原雜詠三首 *1637*

2.
봉래산 가다 잘못 들어와 홀로 선계를 찾았으니
사물마다 기이하고 하나하나 신비로워라.
깎아지른 절벽은 천고의 뜻을 말없이 지녔고
커다란 숲은 한가롭게 사철 봄빛을 띠었네.
어찌 알랴 오늘 바위 위의 나그네가
다른 날 그림 속의 사람이 아닐런지.
티끌세상에서 주절대는 소리를 어찌 입에 담으랴
돌아갈 생각을 해도 신선들께 꾸중 들을까 두려워라.

蓬萊誤入獨尋眞.　物物淸奇箇箇神.
峭壁默存千古意,　穹林閑帶四時春.
那知今日巖中客,　不是他時畫裡人.
塵世啾喧何足道,　思歸却怕列仙嗔.

3.
달팽이 집이라고 그대여 비웃지 마소
벽마다 그림을 새롭게 이루었네.
늘 봄인 채소밭을 이미 얻었으니
어찌 반드시 불야성까지 있어야 하랴.
와준에는[1] 옛뜻이 남아 있고
석실은 그윽한 정에 들어맞네.
귀를 씻어도 산이 오히려 얕으니
다투는 소리를 끊고 싶어라.

蝸廬君莫笑,　面面畵新成.
已得長春圃,　何須不夜城.
窪樽留古意,　石室愜幽情.
洗耳山猶淺,　爭如耳絶聲.

■
* (원주) 보길도의 바다 이름이 황원포이다.
1. 바위가 움푹하게 패어 들어가서 저절로 이뤄진 술통이다. 옛 시인들
   이 즐겨 노래했다.

대재를 지나면서
竹嶺道中 *1638*

지난번에는 새재로 해서 넘어갔는데
이번에는 대재를 넘으며 앞길을 묻네.
예전 지났던 길을 어찌 피해서 가나
밝은 시절에도 이 길을 가는 게 부끄러워서라네.[1]

昔歲曾從鳥嶺去, 今來竹嶺問前程.
如何回避經行處, 愧殺明時有此行.

* (자주) 기미년(1619)에 남쪽으로 귀양 갈 때에 새재로 길을 잡았었다.
1. 예전엔 광해군 치하에서 이이첨과 류희분의 죄를 탄핵하다가 기장으로 귀양 갔지만, 이번에는 인조반정 뒤인데도 영덕으로 귀양가기 때문에 이렇게 말했다. (문집에는 이 앞의 시 <헐마공암>(歇馬孔巖)에 "이 아래부터는 영덕에 귀양 갔을 때에 지었다"는 원주가 붙어 있다.)

하늘을 깁다
補天二首 *1638*

1.
이즈러진 하늘을 기운 지가 벌서 만년이니[1]
신기한 공덕은 뒤에도 빛나고 앞에도 더욱 빛났네.
언젠가 기나라 하늘이 무너지는 날이면[2]
그 누가 떨어진 실마리를 이어주려나.

補缺蒼穹已萬年.　神功耀後更光前.
他時杞國傾崩日,　復有何人墜緒連.

■
* (자주) 여러 선비들의 시에 화운하였다.
1. 여와씨(女媧氏)가 오색 돌로 푸른 하늘을 기웠다고 한다.
2. 기나라 사람이 하늘이 무너져 내릴까봐 걱정했다. 쓸데없는 걱정을
   기우(杞憂)라고 한다.

새 집에서 한가위 달을 바라보다
新居對中秋月二首 *1638*

1.
지난해 한가위에는 남쪽 바다에 있으면서
초가집에서 보름달을 맞으며 물빛 구름 빛이 어두웠었지.
어찌 알았으랴 오늘 밤에 동해 바닷가에 앉아
맑은 달빛 바라보며 고향을 그릴 줄이야.

去歲中秋在南海,　茅簷待月水雲昏.
那知此夜東溟上,　坐對淸光憶故園.

산속 서재에서 밤새 이야기하며 계하의 시에 차운하다
山齋夜話次季夏韻 *1638*

술잔을 마주하고 야삼경에야 하소연을 그치자
달빛이 분명해지고 비는 개었네.
돌아가는 길에 북소리 또한 들리지 않으니
어부가 다리 먼저 건너겠다고 다투는 것을 어찌 거리끼랴.

當盃休訴夜三更.　月爲分明雨爲晴.
歸路亦無鼙鼓響,　何嫌漁父渡橋爭.

---

* (원주) 계하의 성은 이씨고, 이름은 해창(海昌)이다. 이때 역시 영덕에
  귀양와 있었다.

시름을 풀다
遺懷 1639

길에서 개 한 마리를 만났는데
꼬리는 길고 색깔은 희었네.
이틀 동안이나 내 말을 따라다니며
말에서 내려서면 내 신을 빙빙 돌았지.
손을 내저어도 끝내 달아나지 않고
마치 무엇이라도 구하는 듯 꼬리를 흔들었네.
종들도 기꺼이 밥을 던져 주고
다퉈 생각하며 채찍질을 면하였네.
오늘 아침에 갑자기 보이지 않자
모두들 깊이 탄식하며 안타까워했네.
부르지 않았는데 어디서 왔으며
쫓지 않았는데 어디로 갔나.
인간 세상에 만들어진 사물들은
백 가지가 모두 희극일세.
얻었다고 기뻐할 것도 없고
잃어버렸다고 아쉬워할 것도 없네.
사람이 살고 죽는 것도
이와 무엇이 다르랴.
이제야 알겠네 세상을 떠난 아이가[1]
내게 팔년 나그네였음을.
이로 말미암아 문득 깨달음이 있어

가슴에 응어리진 기운이 비로소 풀렸네.
예전 신선세계의 친구가 아니었던가.
서글픈 생각이 밀어닥쳐 나를 슬프게 하네.
이 아이를 내게 보내
미혹된 가슴을 열게 하였네.
길가의 모래와 물이 밝게 보이며
내 가슴이 다시금 편안해졌네.

途中逢一犬, 尾長而色白. / 兩日隨我馬, 下馬繞我舃.
麾之終不懗, 掉尾如有索. / 奴婢欣投飯, 爭思逐免策.
今朝忽不見, 一行深歎惜. / 來何不待招, 去何不待斥.
造物於人世, 百事渾戲劇, / 得之不足喜, 失之不足蹟.
人之生與死, 與此何殊跡. / 乃知化去兒, 是我八年客.
因此頓有悟, 塡胸氣始釋. / 無乃舊仙侶, 哀我悲懷迫.
爲之遺此物, 以開迷惑膈. / 路傍沙水明, 我意還有適.

■
1. 고산이 마흔여섯 살 때에 얻은 서자 미아(尾兒)가 이때 여덟 살 어린
   나이로 죽었다. 고산은 유배지 영덕에서 돌아오다가 경주 요강원에서
   그가 마마를 앓고 있다는 소식을 들었는데, 결국 열흘 뒤에 세상을
   떠났다. 그 아픈 마음을 달래려고 말 위에서 <도미아(悼尾兒)>를 지
   었으며, 그 바로 뒤에 이 시를 지었다.

다섯 그루 버드나무
五柳二首 *1640*

2.
소나무는 진시황의 벼슬을 받아[1] 천년 동안 부끄러웠지만
버드나무는 도연명의 문 앞에 있어[2] 백세에 꽃다웠네.
만약 늘어진 버드나무로 하여금 말할 수 있게 한다면
축 늘어진 머리로 돌아보면서 꾸짖는 일이 많았겠지.

松封奏爵千年恥,　柳在陶門百歲芳.
若使依依能解語,　回看落落咤容長.

■
1. 소나무를 대부(大夫)라고 한다. 진시황이 태산에 올랐는데 갑자기 비바람이 몰아쳐, 그 나무 아래에서 쉬었다. 그래서 소나무를 봉하니 5대부가 되었다. 『서언고사』(書言故事)
   우리나라에서도 세조가 속리산에 있는 소나무에게 정2품을 내려, 정2품송이라고 불린 예가 있다.
2. 집 가에 버드나무 다섯 그루가 있어, 그로 인하여 호를 삼았다. [宅邊有五柳樹, 因以爲號焉.] 도연명 「오류선생전」(五柳先生傳)

옛 거문고를 읊으며 아울러 시를 쓰다
古琴詠幷序 1642

연기에 그슬리고 비가 샌 곳에서 우연히 낡은 가야금을 얻었는데,
(먼지를) 털어내고 한 번 타보니 열두 줄 소리가 물 흐르는 듯해서,
신선 최치원의 마음 자취가 완연히 보였다. 그래서 서글프게 탄식하
며 스스로 (단가 <고금영>(古琴詠)) 한 곡조를 지었다. 그런 뒤에 생각
해보니 이 물건은 이에 알맞은 사람이 없으면 버려져 먼지 덮인 한
조각 마른 나무가 되고, 이에 알맞은 사람이 있으면 쓰여져 오음(五
音) 육률(六律)을 이루는 것이다. 그런데 세상에 지음(知音)이 드물어
졌으니, (이 거문고가) 이미 오음 육률을 이룬 뒤에 어찌 (지음을) 만
나거나 만나지 못하는 일이 없겠는가. 그러니 이 거문고를 보며 느
끼는 것이 한 가지가 아니다. 이에 고풍(古風) 한 편을 다시 지어, 이
거문고의 답답한 마음을 펴보고자 한다.[1]

거문고는 있건만 그 사람이 없어
먼지에 묻힌 지 몇 년이나 되었던가.
기러기발을 반쯤 떨어져 나갔지만
마른 오동판은 아직도 온전해라.
높이 펼쳐서 시험 삼아 뜯어보니
얼음 같은 쇳소리가 수풀과 샘에 울리네.
서쪽 성 위에 울릴 수도 있고
남훈정[2] 앞에서 연주할 수도 있겠네.
물 흐르듯 쟁과 피리 소리가 나니
이 뜻을 누구에게 전하랴.
이제야 알겠네 도연명이
끝내 기러기발과 줄을 갖추지 않았던 뜻을.[3]

有琴無其人,　塵埋知幾年.
金雁半零落,　枯桐猶自全.
高張試一鼓,　氷鐵動林泉.
可鳴西城上,　可御南薰前.
滔滔箏笛耳,　此意向誰傳.
乃知陶淵明,　終不具徽絃.

* (원주) 임오년 금쇄동에 있을 때에 지었다.
1. (원주) (단가) 한 곡조는 별집 가사류(歌辭類)에 보인다.
2. 확실치 않다.
3. 연명은 음률을 알지 못했으므로 줄이 없는 거문고 한 장을 마련해
　 놓고, 술이 적당히 취하면 문득 거문고를 어루만지며 자기의 뜻을 부
　 쳤다. 소명태자 「도정절전」(陶靖節傳)

금쇄동을 처음 발견하고 짓다
初得金鎖洞作 *1642*

귀신의 솜씨라서 하늘도 아끼던 신비한 구역이니
누가 알았으랴 신선세계의 작은 봉호인 줄이야.
구슬로 된 만 길 절벽은 신선의 굴이고
천겹 산과 바다는 수묵도일세.
토끼가 뛰고 까마귀가 날면서 산병풍을 엿보고
사나운 바람 어두운 빗발이 들판에 가득해라.
이곳에 올라와서 전날 밤 꿈을 기억하노니
옥황상제는 무슨 공이 있다고 이곳을 내게 내려주셨나.

鬼刻天慳秘一區.　誰知眞籙少蓬壺.
瓊瑤萬仞神仙窟,　山海千重水墨圖.
兎躍鴉騰窺斷嶂,　風顚雨暗在平蕉.
登臨記得前宵夢,　玉帝何功錫與吾.

■
* (원주) 금쇄동은 해남현 남쪽에 있다. 공이 산에 별장을 지어 살았다.

낙서재에서 우연히 읊다
樂書齋偶吟 *1642*

눈은 청산에 있고 귀는 거문고에 있으니
이 세상 무슨 일이 내 마음에 들어오랴.
가슴에 가득한 호기를 알아줄 사람이 없어
한 곡조 미친 노래를 혼자서 읊네.

眼在靑山耳在琴,　世間何事到吾心.
滿腔浩氣無人識,　一曲狂歌獨自唫.

■
* (자주) 임오년(1642) 4월 16일 보길도에서 놀았다.

이웃 스님이 황무지 개간하는 일을 와서 돕기에 감사하다

謝隣僧來助墾荒二首 · 1 1643

1.

나라의 부역에 응할 뿐만 아니라
종묘사직의 제물도 여기서 나오게 되네.
물외에 살면서도 백성의 일이 급한 줄 알아
서로 부르며 동네에 나와 농사일을 돕네.

非徒軍國徵求應,　宗社馨薌在此中.
物外亦知民事急,　相呼出洞助田功.

2.

이웃 스님이 나의 힘든 일을¹ 불쌍히 여겨
개간하는 일을 와서 도우니 감회가 깊어라.
승부나 앞 다투는 일은 논하지 마세
한결같은 자비심이 사물을 이롭게 하는 마음일세.

隣僧哀我伐檀苦,　來助治畬感歎深.
休論勝負爭先事,　均是慈悲利物心.

■

* (원주) 계미년 문소동에 있을 때 지었다.
1.『시경』위풍에 실린 <벌단>(伐檀)은 위나라 민중들이 박달나무를 베
　면서 불렀던 노래인데, 청렴한 군자는 등용되지 못하고 탐욕스런 관
　리가 일도 안하며 잘 사는 모순된 사회를 노래한 시이다.

권반금과 헤어지며 지어 주다
贈別權伴琴 1643

산문에서 느지막이 나와 그대를 보내니
인간 세상에서 한가하고 바쁜 생활이 이 길에서 나눠지네.
그대에게 묻노니 어느 때나 나를 따라가서
집선대에 올라가 맑은 구름을 즐길거나.

山門晚出送吾君.　人世閑忙此路分.
借問何時隨我去，　集仙臺上弄晴雲.

　■
＊ (원주) 권반금의 이름은 해(海)이다. 거문고를 잘 뜯었으므로 반금을
　　호로 삼았다.

책상을 마주하고
對案 *1645*

앞산에 비 내린 뒤 고사리 싹이 새로 났네.
밥 짓는 아낙네여 봄이 왔으니 얼굴을 찌푸리지 마오.
맑은 샘물 가득 부어서 보리밥에 말면
은자의 살아갈 길이 가난한 것만은 아니라오.

前山雨後蕨芽新. 饌婦春來莫更顰.
滿酌玉泉和麥飯, 幽人活計不爲貧.

우연히 읊다
偶吟 *1645*

금쇄동 가운데 바야흐로 꽃이 피고
수정암 아래 물소리는 우레 같아라.
숨어 사는 사람은 할 일이 없다고 누가 말했던가
대지팡이에 짚신 신고 날마다 오가네.

金鎖洞中花正開. 水晶巖下水如雷.
幽人誰謂身無事, 竹杖芒鞋日往來.

종이연에 장난삼아 짓다
戲題紙鳶二節 *1650*

1.
다섯 귀신이¹ 허공을 밟은 뒤에
한자가 당년에 수레를 잘못 만들었네.
종이 오려 구름을 만들어 너를 실어 보내니
봄바람 부는 하늘에 잘 돌아가려므나.

曲來五鬼躡空虛.　韓子當年誤作車.
剪紙爲雲馱汝去,　東風碧落好歸歟.

2.
종이연이 바람을 타고 다니니
내가 타고서 태청궁에 조회하고 싶어라.
백옥경의 여러 신선들이 나를 보게 되면
쇠약해진 얼굴을 묻지 않고 창생을 물어보겠지.

紙鳶能作御風行.　我欲乘之朝太淸.
白玉群仙如可見,　衰顔不問問蒼生.

■
1. 한퇴지가 「송궁문」(送窮文)을 지으면서, 지궁(智窮)·학궁(學窮)·문
궁(文窮)·명궁(明窮)·교궁(交窮)을 5궁귀(窮鬼)라고 한다. 한자(韓
子)는 한퇴지를 가리킨다.

차운하여 한화숙에게 부치다

次韻寄韓和叔 *1651*

나는 바다에 숨은 이도 산에 숨은 이도 아니지만
평생 산과 바다에 뜻이 깊었네.
처세가 서툴러 지금 세상과는 저절로 어긋나게 되었고
그윽한 곳에 살다보니 우연히 옛사람의 자취를 닮았네.
백발 삼천 장이[1] 되어도 싫지 않고
붉은 구름 일만 겹을 더욱 좋아하네.
종과 조그만 노을까지도 얻을 수 있지만
티끌 속에서 쳐든 얼굴을[2] 부귀한 집에서 누가 부러워하랴.

吾非海隱非山隱,　山海平生意便濃.
月拙自違今世路,　幽居偶似古人蹤.
不嫌白髮三千丈,　剩喜彤雲一萬重.
奴隷少霞猶可得,　朱門誰羨抗塵容.

■
1. 흰 머리가 삼천 길이나 되니, 시름 때문에 이처럼 길어졌는가.[白髮
　三千丈, 緣愁似箇長] 이백 〈추포가〉(秋浦歌)
2. 티끌 속의 얼굴을 들어서·속된 모습으로 달리네.[抗塵容而走俗狀.] ─
　공치규 〈북산이문〉(北山移文)
　은자였던 주옹이 은자를 불러 벼슬 준다는 말을 듣고는, 티끌 많은
　속세의 얼굴로 변해서 세속 사람의 꼴로 벼슬을 향해 마구 달음질친
　다는 뜻이다.

인평대군께 삼가 차운하여 바치다
次韻敬呈麟坪大君案下 *1652*

2.
천안을 한번 우러러보고 제 뜻을 끝내기 바랐으며
나아가고 숨는 것을 가만히 옛사람의 풍모에 비겼습니다.
시끄럽게 지껄이는 것에는 전부터 익숙했건만
이제 와선 성은이 융성함을 더욱 알겠습니다.
목을 길게 하여 옛집으로 돌아가기나 도모할 뿐이지
탄핵하는 글이 올라오는데 무슨 일로 깊은 공을 들이겠습니
까.
나루로 통하는 중요한 길을 누가 열어 보일는지
제 생각은 푸른 산과 푸른 물속으로 들어가 있습니다.

一望天顔志願終. 行藏竊附古人風.
從前已會啾喧慣, 到此尤知眷遇隆.
引領只圖歸舊業, 彈文何事費深功.
通津要路誰開眼, 思入靑山綠水中.

■

1. 임진년(1652) 봄에 임금이 『서전』(書傳)을 강하면서, 몇 군데 의심하
   는 곳이 있었지만 경연에 참여한 신하들이 대답하지 못하는 것이 많
   았다. 임금이 공의 경학을 생각하고, 곧 명하여 벼슬을 내렸다. 임금
   의 뜻은 홍문관의 직이나 양사(兩司)의 직을 주려는 데 있었지만, 전
   관(銓官)들이 "사예(司藝)도 역시 관직(官職)입니다"라고 하여, 드디
   어 (성균관) 사예(정4품)을 제수했다. 임금이 직접 교서를 지어 불렀
   다. 글의 뜻이 매우 간절하여, (보길도에서 13년 동안 쉬고 있던) 공
   이 (벼슬에) 나아가지 않을 수가 없었다.

■

얼마 안 되어 특별히 승지(정3품) 벼슬을 내렸는데, 거듭 사양했지만 허락하지 않았다. 경연(經筵)에 들어와 참여토록 명했는데, 의심하는 곳을 들어보면 공이 명백히 해석하여 미심쩍은 구석이 없게 했다. 그래서 임금의 뜻이 공에게 더욱 기울게 되자, 시속의 무리들이 더욱 심하게 꺼렸다. 이튿날 정언 이만응이 먼저 나서서 모함하는 논의를 꺼내자, 동료의 논의가 그치지 않았다. 공이 듣고 즉시 승정원에 나가 병을 아뢰고, 이튿날 상소하여 시속에 탄핵받게 된 사정을 모두 아뢰었다. 정세가 위급했으므로, 벼슬에서 물러나게 해달라고 청했다.

    ― 홍성원 「시장」(諡狀)

임진년 사월 이십팔일에 비가 오는 것을 기뻐하다
壬辰四月二十八日喜雨 *1652*

어제 상림에서[1] 옥체가 지치시자
병든 신하가 밤새도록 하늘을 우러러 엿보았네.
누가 말하랴 주룩주룩 쏟아지는 이 비가 이 기도 때문이었
다고
평소부터 그런 정성이 있었음을 나만은 아네.
골짜기에는 말라빠진 익모초를 버리는 여자가 없어졌고
가난한 오두막에도 곡식을 가꾸느라 남자가 보이지 않네.
비온 뒤에도 비 오지 않았을 때와 항상 같게 하소서.
바라건대 임금께서 자기를 반성하고 걱정하던 부지런한 뜻
이
비온 뒤에도 비 오지 않았을 때와 항상 같게 하소서.

■
* (원주) 이 아래부터는 고산에 있을 때에 지었다.
1. 옛날에 은나라 탕왕이 무도한 하나라의 걸왕을 쳐서 이기고 천하를
   바로잡았다. 그런데 천하에 큰 가뭄이 들어 5년이나 수확을 거두지
   못했다. 그러자 탕왕이 몸소 상산 숲(桑林)에서 비가 오게 해달라고
   빌었다.
   "저 한 사람에게 죄가 있으면, 만백성에게 미치지 않게 해주십시오.
   만백성에게 죄가 있으면 저 한 사람에게 책임이 있습니다. 저 한 사
   람이 불민한 탓으로 상제와 귀신께서 죄 없는 백성의 목숨을 상하게
   하는 일이 없게 해주소서."

昨日桑林玉體疲. 病臣終夜仰天窺.
誰言徯需由斯禱, 我識精誠有素爲.
中谷暵萑無女棄, 窮廬易粟絶男持.
願君修省憂勤意, 雨後常如未雨時.

■

　그리고나서 머리를 자르고 손톱을 잘라, 자신의 몸을 희생으로 삼아
상제에게 백성들의 복을 빌었다.『여씨춘추』(呂氏春秋)「순민」(順民)
이러한 전례를 이어받아, 조선시대에도 가뭄이 심할 때에는 임금들이
기우제를 지냈다. 숙종 30년(1704)에는 임금이 친히 선농단(先農壇)
에 가서 기우제를 드렸고, 영주 15년(1739)에는 우사단(雩社壇)에 나
가 기우제를 드렸다.

심희성이 화답한 시에 감사하다
謝沈希聖辱和 *1652*

티끌 속의 옷자락을 다시 한 번 잡아주니 기쁘네.
어찌 눈물어린 두 눈에 다시 눈물이 불어나야 하겠는가.
여러 사람들은 내가 돌아가려는 마음을 이해하지 못하지만
오직 그대만은 돌아가는 길이 더디다는 걸 알아주오.
만 가지 헐뜯고 천 가지 속이는 것을 어찌 따지랴
일곱 번 넘어지고 여덟 번 거꾸러져도 지치지 않네.
창주로¹ 가려는 나의 길은 유래가 오래 되었으니
장한의² 외로운 돛단배가 참으로 바라는 바일세.

且喜塵裾還一摻.　何須淚眼更雙滋.
諸人未解歸心決,　惟子能諳去路遲.
萬毀千誣那可較,　七顚八倒不爲疲.
滄州吾道由來久,　張翰孤帆固所期.

■
* (원주) 심희성의 이름은 광수(光洙)이다.
1. 신선 또는 은자들이 사는 곳이라고 한다. 「어부사시사」에 "창주 오
　도(吾道)를 예부터 일렀더라"는 구절이 있다.
2. 장한이 강동보병으로 있었는데, 가을 바람이 일어나자 고향이 그리
　워졌다. 송강의 농어회와 순채국이 생각나서, 벼슬을 버리고, 배를 타
　고 떠났다.

이계하가 심희성에게 차운해 지어준 시의 운을 다시 써서 세 수를 지어 감사하며 부치다

李季夏次韻沈希聖韻以寄復用其韻賦三首以謝 *1652*

3.

초야의 늙은이가 해 기울어도 떠날 것을 잊고
허리 사이의 낡은 칼은 빛을 더욱 발하네.
삼천 낚시를[1] 드리운 지 부질없이 오래 되었고
구만 리 바람은 일어나는 것이 오래 되었네.
고니를 새기려다[2] 이루지 못해 그대를 따라 웃고
용을 잡는 재주가 쓸모없어[3] 나만 지쳤네.
한가한 신선의 맑은 운치는 끝내 있어야 하니
우두커니 돛에 기대어 창주를 바라보네.

野老全忘日昃離,　腰間老劍露光滋.
三千大釣垂空久,　九萬同風起太遲.
刻鵠不成從爾笑,　屠龍無用任吾疲.
散仙淸致終須有,　佇看滄州倚悼時.

■
1. 강태공이 나이 여든부터 날마다 위수에서 낚시질했는데, 아흔이 되자 문왕이 등용하였다. 이십 년 동안 낚시질을 삼천육백 번 하였다. 이 시에서도 십년 세월을 가리킨다. 보길도에 살던 고산은 이 해에 성균관 사예 벼슬을 받고 서울로 올라갔다.
2. 고니를 새기려다 이루지 못하면, 그래도 따오기와 비슷하게는 된다.
　　– 마원(馬援) 「계형자엄돈서」(誡兄子嚴敦書)
3. 주평만은 지리익에게서 용을 잡는 방법을 배웠는데, 천금이나 나가는 집을 세 채나 팔아 폐백을 바쳤다. 그러나 그 기술을 익힌 뒤에 써먹을 곳이 없었다. –『장자』제32편 「열어구」(列禦寇)

방장산인의 <부용조수가>에 장난삼아 차운하다
戲次方丈山人芙蓉釣叟歌 *1652*

부용성이 바로 부용동이니[1]
내 이제야 얻었지만 예부터 꿈꿔오던 곳일세.[2]
세상 사람들이 봉래섬인 줄은 모르고
다만 기이한 꽃과 아름다운 풀만 보네.
예부터 신선이 어찌 사람과 달랐으랴[3]
의를 행하고 뜻을 구하는 것이 두 가지 길은 아닐세.
때때로 와서 용루와 호전을 드나들며 마음을 열고
때때로 가서 현포 낭풍에[4] 노니니 맑은 흥이 깊어라.
이제야 알겠네 하늘은 참으로 당나라 사업에 무심하다는 것
을
반드시 금단 한 알만이 동빈의 비음정에 이르는 것은 아닐
세[5]
우연히 옛 뗏목을 타니 뗏목이 배와 같아
유유히 곧바로 은하의 섬까지 올라갔네.
상제의 조정에 조회하고 돌아와 화표주를 바라보니
아홉 점이 연기 속에 모두 하루살이 같아라.
아침 파리와 저녁 모기가 서로 맞서지 못하고 가엾게 여기
니[6]
이 뜻을 일찍이 들어 금골선이 되었네.[7]

■

1. (자주) 부용동 안에 신선들의 자취가 매우 많다. 또 기이한 봉우리들
   이 둘러 서 있어, 그 모습이 완연히 연꽃잎 같다. 아마도 이곳이 예
   부터 말한 부용성인 것 같다.

芙蓉城是芙蓉洞,　今我得之古所夢.
世人不識蓬萊島,　但見琪花與瑤草,
由來神仙豈異人,　行義求志非二道.
時來出入龍樓虎殿啓乃心,　時去遊戲玄圃閬風淸興深.
乃知天實無心唐事業,　未必金丹一粒能致洞賓之飛吟.
偶乘古槎槎如舟,　悠悠直上銀河洲.
朝帝庭還瞰華表,　九點烟裡皆蜉蝣.
朝蠅暮蚊不可相格可相憐,　此意嘗聞金骨仙.

■

2. (자주) 소동파가 지은 <부용성시>(芙蓉城詩) 주에 왕자고(王子高)와 주요영(周瑤英)의 꿈놀이가 실려 있다.

3. (자주) 소동파의 시에 "신선이 사람과 다른 게 아니라, 본래 영웅이 었네"라고 했다.

4. 낭풍은 신선들이 사는 산 이름인데, 곤륜산 꼭대기에 있다. 곤륜산에 세 급이 있는데, 아래는 번동(樊洞), 일명 판동(板洞)이라고 한다. 두 번째는 현포(玄圃)인데, 일명 낭풍(閬風)이라고 한다. 위는 층성(層城)인데, 일명 천정(天庭)이라고 한다. 『수경』(水經) 「하수」(河水)

5. (자주) 여동빈은 본래 당나라 진사였는데, 처음 종리선생을 만난 곳에다 뒷사람들이 정자를 지어 비음정이라고 이름붙였다. 어떤 사람이 시 짓기를 "반드시 당나라 사업에 무심한 것은 아니었지만, 금단 한 알이 선생을 그르치게 했네"라고 하였다.

6. (자주) 한퇴지의 시에, "아침 파리는 몰아낼 필요가 없고, 저녁 모기도 칠 필요가 없네. 파리와 모기가 온 천하에 가득해지면, 서로 맞서서 다 없어지리라"라고 했다.

7. (자주) 부용동은 바로 이 늙은이가 사는 바닷가 별장의 골짜기 이름이다.

옛시의 구절을 모아 부채에 서서 누구에게 주다
集古題扇寄人五首 *1653*

1.
바다의 학과 한번 헤어진 뒤에[1]
가을 하늘은 비어 밝은 달만 걸렸네.[2]
서리 바람이 이따금 대나무를 흔들어[3]
천천히 거닐며 서늘한 하늘을 읊네.[4]

海鶴一爲別,　秋空明月懸.
霜風時動竹,　散步詠凉天.

2.
꽃이 피니 비바람이 많아지고[5]
봄은 비취루에 통했네.[6]
주렴을 걷고 초승달을 보니[7]
무엇을 써서 갈고리처럼 굽어지게 했나.[8]

■
1. (원주) 유자후(柳子厚)의 시이다.
2. (원주) 맹호연의 시이다.
3. (원주) 위응물(韋應物)의 시이다.
4. (원주) 위응물의 시이다.
5. (원주) 우무릉(于武陵)의 시이다.
6. (원주) 한군평(韓君平)의 시이다.
7. (원주) 이단(李端)의 시이다.
8. (원주) 낙빈왕(駱賓王)의 시이다.

花發多風雨,　春關翡翠樓.
開簾見新月,　何用曲如鉤.

3.
속마음을 그대가 어찌 알랴[9]
구슬로 바둑판을 두드리네.[10]
유유하고도 또 유유한데.[11]
봄풀은 해마다 푸르러지네.[12]

中心君詎知,　玉作彈碁局.
悠悠復悠悠,　春草年年綠.

4.
꽃 아래 거문고 소리가 시원하게 흘러[13]
한 잔 들고 한 곡조를 타네[14]
옛친구들은 남북에 사는데[15]
산속의 달이 촛불처럼 밝아라.[16]

■
9. (원주) 위응물의 시이다.
10. (원주) 이의산(李義山)의 시이다.
11. (원주) 온비경(溫飛卿)의 시이다.
12. (원주) 왕마힐(王摩詰)의 시이다.

冷冷花下琴,　一盃彈一曲.
故人南北居,　山月皎如燭.

5.
맑은 달이 안마당을 비추는데[17]
연기에 비긴 달이 다시금 밝아졌네[18]
어제 놀던 곳을 홀연히 지나는데[19]
점점이 정을 머금은 것 같아라.[20]

澹月照中庭,　烟斜月轉明.
昨遊忽已過,　點點以含情.

■
13. (원주) 고적(高適)의 시이다.
14. (원주) 맹호연의 시이다.
15. (원주) 위응물의 시이다.
16. (원주) 위응물의 시이다.
17. (원주) 한군평의 시이다.
18. (원주) 당겸(唐謙)의 시이다.
19. (원주) 위응물의 시이다.
20. (원주) 위응물의 시이다.

병 들어 고산으로 돌아오다가 배 위에서 흥을 느끼다
病還孤山舡上感興 *1660*

1.
내가 세상 건질 뜻이 없는 건 아니지만
군자가 세상에 나아가고 물러나는데 어찌 때가 있으랴.
이르는 곳마다 강산이 모두 마음에 들어
석양에 돌아가는 배가 더딘 것도 싫지 않아라.

吾人經濟非無志, 君子行驥奈有時.
着處江山皆好意, 夕陽歸棹不嫌瀄.

2.
물고기가 새들과 서로 친하고
강산의 얼굴빛도 참다워라.
사람의 마음이 사물의 뜻과 같으니
사해가 봄을 같이할 수 있겠네.

魚鳥自相親, 江山顔色眞.
人心如物意, 四海可同春.

3.

사람 사는 곳엔 아는 이가 이미 적어지고
물외에 사이좋은 벗이[1] 많아라.
사이좋은 벗이 누구던가.
멧새와 메꽃들이라네.

人實知已笑,　象外友于多.
友于亦何物,　山鳥與山花.

■
1. 첫째 따뜻한 얼굴 모시게 되어 기쁘고
　　둘째 형제 사이가 좋은 것을 보아 즐겁네.
　　- 欣侍溫顔.　二喜見友于.
　　- 〈庚子歲王月中從都還阻風于規林〉 二首·1

차운하여 국경에게 부치다
次韻寄謝國卿 1660

넓은 집에 살고 있으니¹ 어찌 다시 살 곳을 정하랴.
그대는 고기가 아니니 어찌 물고기의 즐거움을 알겠는가.²
유주의³ 추위가 아무리 심하더라도
오두막을 쓸고서 내 책을 읽으리라.

居廣何須更卜居.　安知魚樂子非魚.
幽州遮莫寒威緊,　且掃蝸廬讀我書.

■
* (원주) 국경의 이름은 김정화(金鼎華)이다.
1. 참다운 대장부는 천하의 넓은 집인 인(仁)에 살고, 천하의 올바른 자리인 예(禮) 위에 서며, 천하의 대도인 의(義)를 실행한다.
   [居天下之廣居, 立天下之正位, 行天下之大道.] 『맹자』 권6 「등문공」(滕文公) 하
2. 장자가 혜자(惠子)와 함께 호수(濠水)의 다리 위에서 거닐다가 말했다. "피라미가 나와서 유유히 헤엄치고 있군. 이게 바로 피라미의 즐거움일 테지." 그러자 혜자가 말했다. "자네는 물고기도 아니면서 어찌 물고기의 즐거움을 아는가?" 『장자』 제17편 「추수」(秋水)
3. 옛날 중국의 동북쪽 끝에 있던 지방인데, 순임금이 공공(共工)을 유주로 귀양보냈다. 여기서는 당시 고산이 귀양가 있던 함경도 삼수(三水)를 가리키는데, 우리나라에서 가장 외지고도 추운 곳이므로 유주에다 비유한 것이다.

정심암
淨深菴 *1661*

삼강 한 고을이 백두산 남쪽 압록강 상류에 치우쳐 있어, 절이 없은
지 오래 되었다. 내 들으니 법호를 정함(淨涵)이라고 하는 한 스님이
있는데, 멀리 들어가 높은 곳에다 집을 지었다고 한다. 내가 구름 속
에 올라서 말을 타고 돌아들어가 앉아보니, 번거로운 마음이 다 씻
겨나갔다. 이에 느낌이 있어 절구 한 수를 짓는다.

연화봉 아래 정심암이 있어
빛나는 단청이 불감을 비추네.
고생해가며 스님이 도를 즐기는 뜻을
우리 선비들이 보고서 부끄러워할 만해라.[1]

蓮華峯下淨深菴.　金碧熒煌照佛龕.
辛苦上人耽道意,　吾儒見此可懷慙.

산과 절이 처음에는 이름이 없었는데, 스님이 이름을 지어달라고 청
하였다. 내가 사양했지만, 어쩔 수가 없었다. 산의 이름은 <애련설>
(愛蓮說)에서 "진흙탕 속에서 나왔지만 더럽혀지지 않았다"는 뜻을
취해, 외진 곳에 있으면서도 하늘의 덕을 그대로 지닌 것을 찬양하
였다. 절의 이름은 당나라 사람의 시에서 "청정당심처(淸淨當深處)"의
뜻을 취해, 시끄러운 곳을 피해 그윽하고 고요한 곳을 싫어하지 않
음을 찬양하였다. 신축년 늦봄에 택반병수(澤畔病叟)가 쓰다.

■
1. (자주) 고을에 성묘(聖廟)가 형체도 없으므로 이렇게 말했다.

계묘년 세밀에 느낀 바 있어 노소재의 시체를 본받아 짓다
癸卯歲暮有感效盧穌齋體 1663

압록강의 원류가 산 바깥으로 둘렀는데
자작나무와 진흙으로 만든 오두막이 산모퉁이에 있네.
나 죄인은 죽어 마땅하지만 임금께서 오히려 헤아려 주셨고
스스로 충성한다고 말하니 세상에서 모두 비웃네.
귀양 온 지 천 일이 되어 반은 이미 지나갔고
살아온 나이 칠십팔 세가 장차 다가오네.
부용동 안으로 언제나 돌아가서
남쪽 창가에서 세상을 업신여기며[1] 술잔을 대해보려나.

鴨綠源流山外廻. 樺泥蝸室傍山隈.
罪人稱殺筌猶揆, 言自爲忠世共哈.
謫日一千半已往, 行年七十八將來.
芙蓉洞裡何時去, 寄傲南窓對酒盃.

---

1. 기오(寄傲)는 "기우오세지정(寄寓傲世之情)"을 뜻한다. 도연명의 「귀
   거래혜사」에 "남쪽 창가에 기대어 세상을 업신여겼네.[倚南窓以寄
   傲]"라고 하였다.

사간 이연지의 시에 차운하다
次李司諫延之韻 1666

때가 오면 혹시 위태로운 말하기가 쉽고
세력이 없어져도 세상을 잊는 사람은 드물어라.
팔베개를 하니 저절로 저녁잠이 편안해지고
책을 읽으니 아침에 배고픈 것도 깨닫지 못하겠네.
뱁새가 바야흐로 멀리 날아가는 붕새를 비웃지만
복사꽃 오얏꽃이 어찌 계수나무가 늦게까지 향그러움을 알
랴.
근심과 즐거움 옳고 그름을 모두 내어버리고
유유히 세상만사를 하늘의 기미에 맡겨 두네.

時來或發危言易,　勢去人能忘世稀.
枕肘自然安夕寢,　念書猶未悟朝飢.
鷦鷯方笑鵬遐擧,　桃李何知桂晚菲.
憂樂是非都拔棄,　悠悠萬事任天機.

∎

* (원주) 이연지의 이름은 무(袤)이다.

사실대로 쓰다
記實 *1668*

황원포 안쪽의 부용동
오두막 삼간이 내 머리를 덮었네.
보리밥 두 끼에 옥같이 맑은 술이 있으니
종신토록 이밖에 다시 무엇을 구하랴.

黃原浦裡芙蓉洞, 矮屋三間盖我頭.
麥飯兩時瓊液酒, 終身此外更何求.

■
* (원주) 이하는 광양 유배지에서 풀려나 부용동으로 돌아온 뒤에 지었
  다.

시름을 풀다
遺懷 *1668*

삼공을 준대도 이 강산과 바꾸지 않으리라.
유배지를 옮길 때에도 이곳을 떠나는 것만 걱정되었네.
크신 은혜를 입어 고향 마을로 돌아왔으니
벼슬과 녹봉도 바라지 않고 살아 돌아온 것만 기뻐라.

三公不換此仙山.　遷謫惟愁去此間.
蒙被隆恩來故里,　不希官祿喜生還.

■
* (원주) 선산(仙山)이 어느 본에는 강산(江山)으로 되어 있다.

부록

自然 · 人間 · 藝術
  - 孤山 尹善道의 詩 世界

고산의 만년 退休地인 甫吉島 芙蓉洞에 들어가 본 이는 누구나 洗然亭 주변의 奇巖怪石과 淵池의 규모가 웅대하면서도 격조 있음에 놀라게 된다. 아마도 고산은 이 別境에 자기의 전 영혼을 투영하는 예술적 총합체를 모조하려는 의욕을 가졌던 듯하다. 문득, 19세기 말 대원군의 경복궁 재건을 상기케 하는 이 예술적 행위는 유교를 기반으로 하는 審美的 理性의 적극적 실현자였던 조선조 사대부 문인이 조선조 후기에 당도하였던 정신적 경지에서 우러나왔을 것이다. 고산은 우선 드높은 예술적 취향을 지니고 그 취향을 생활의 전반에 투사하였던 17세기 사대부 문인의 대표적 존재이다.

오농천 위에 높은 바위가 있으니
하늘이 기이한 모습을 만들고는 나 오길 기다렸네
어버이 생각과 임금님 생각만 없다면
어찌 남쪽을 바라보며 머리를 자주 돌리랴.

큰 시냇물 한 줄기가 곧게 흐르다 비껴가는 곳
시내 어구에 기이한 바위 모습이 눈앞에 아름다워라.
주인으로 하여금 작은 집을 짓게 한다면
씻기는 꽃도 흐르는 물도 자랑하지 못하리라.
  - 시 〈정인관암〉 全文

철저한 자연 모방에 예술의 최고 가치를 부여하였던 조선조의 문인에게 자아의 내면과 조응하는 자연 경관을 만나는 순간은 장엄한 정신적 승화의 경지였다. 고산은 이 경지를 곧잘 "華"(이 말은 영원하고 절대적인 시공간의 오묘한 조화, 거기서 발하는 무한한 광명을 연상케 한다)로 표현하였다. 그런데 이 "華"는 浮靡, 輕躁와도 관련이 없지 않다. 말하자면 현실과 유리된 관념계의 유희에 치우칠 우려를 내포하고 있기도 하다. 당대적 삶의 실상과는 멀리 떨어진 듯한 고산의 여러 군데 별업들 - 이에 대한 거리감, 나아가서는 분개에까지도 이르는 몰이해의 울억으로 이루어진 우리의 통념을 다른 각도에서 조망해 볼 필요가 있다.

건원보 옛 요새 옆에서 말을 먹이고
오농천 가에서 말채찍을 잡았네.
술 한 병밖에는 친구도 없이
이끼 덮인 바위에 함께 올라 석양을 바라보았네.

술병 들고 정인관암에 혼자 올라서
저녁 어스름까지 돌아갈 생각을 않네.
갈매기는 물에서 잔다고 그 누가 말했던가.
물가에 나는 갈매기 하나도 없네.
- 시 〈다시 정인관암에 오르다〉 全文

술 밖에는 위무 받을 수 없는 심정이, 그 술병을 억지로 끌어 당겨 자기 내면의 고적감에 동화시키려는 애달픈 노력이

삼십 대의 유배객 고산의 내면 풍경이다. 거기에는 지는 해만이 어울리는 배경이 된다. 돌아갈 곳도 없다. 白鷗와 더불어 강호에 묻히기에는 너무도 안타까운 장년이다. 해가 질 때까지 우두커니 앉아 있을 수밖에 없다. 여기에는 그치지 않는 근원적인 의문만이 남게 된다. 布衣로써 권세에 도전하고 至親을 떠나 북변에 내침을 당하게 된 전말을 자신이 아니면 누가 소상히 밝혀 볼 수 있다는 말인가? 유배지의 고절된 공간은 이제 예술적 감흥의 예민한 정서 공간으로 전화되어 스스로 위무하고, 의문을 통한 의문의 해소를 차츰 도모해 나간다.

비 개이고 구름도 스러지자 달빛 더욱 새로워져
만리 푸른 하늘이 티끌도 없이 맑아라.
멀리서도 알겠네, 이런 밤이면 어버이께선
손자 아이들과 마주 앉아서 멀리 있는 자식 걱정하시겠지.

추성에서 머리 들어 밝은 달을 바라보니
동호를 비추던 그 달빛과 같아라.
주렴 걷고 항아와 이야기할 수 있다면
어버이께서 잘 주무시고 식사 잘 하시는지 묻고 싶어라.
- 시 <낙망의 시에 차운하다> 全文

이미 현실적 공간의 제약을 벗어나 있는 정신의 감응이 이루어지고 있는 상태이다. 그 정신의 내용을 至孝至誠으로 하고 있음에 당대적 특성이 드러나기도 하지만 여기서 보다 중요한 것은 새로운 달빛과 청정한 대기를 통해 이루어지는 정신의 감응과 그 과정이다.

화창한 봄인데도 여지껏 눈이 남아
인간세상 그 누가 이 추위를 믿을 텐가.
궁궁이 떠와 난초 떠도 모두 좋기만 하고
수산과 채복도 역시 편안하다네.
나라 사랑하는 마음으로 이 몸이야 가볍게 여기지만
어버이 생각다보면 눈물 참기 어려워라.
아득히 비낀 햇살 너머로 기러기는 날아가는데
진호루 위에 올라가 난간에 기대었네.
- 시 <낙망의 시에 차운하다> 全文

앞에서도 先景後情的인 서정적 경계를 보여 주었듯이 이번에도 전반은 평탄한 정서를 토로하고 혹은 實事를 담담히 기술한 듯하다가 結聯에 이르러서 압축된 정서가 표출되어 무한의 여운을 남긴다. 도달할 수 없는 현실적 제약, 해소할 수 없는 근원적 의문에 대한 대응이 이런 그치지 않는 여운으로 남게 된다고 볼 수 있다. 이런 유장한 정서는 때로 시조를 통하여 표출되기도 하였다.

뫼한 길고 길고 믈은 멀고 멀고
어버이 그린 뜻은 만코 만코 하고 하고
어듸셔 외기러기는 울고 울고 가느니
- 遺懷謠 四

3행으로 완결될 수 없는 정서적 내용이 끝에서 다시 시작으로 시작은 다시 끝을 향한 진행으로 덧없이 排設되어 있다. 이렇듯 이완된 정서는 그 지향 없음으로 하여 자칫 無明의 상태로 亡失될 듯도 해 보인다. 그러나 고산은 어디까지나 儒者이다. 현실적 책무를 잊을 수 없고 오히려 극한적 정황에서 더욱 또렷해지는 지향점을 확인한다.

인간 세상 모든 일을 이미 잊어버렸지만
임금과 어버이에 대한 생각만은 더욱 분명해졌네.
시름 걱정은 술 깬 뒤부터 더욱 또렷해지고
아름다운 생각은 이따금 꿈속에서나 이뤄지네.
하늘은 뚝 떨어진 사막으로, 산은 바다로 이어지고
바람은 긴 들판에, 달빛은 성안에 가득해라.
서생이 강하고 굳센 뜻에 힘입으니
이 사이에서도 심지가 또한 맑을 수 있네.
- 시 〈낙망의 시에 차운하다〉 全文

"뚝 떨어진 사막(絶漠)"이나 "긴 들판(長郊)"은 현실적 제약을 의미하기도 하지만 한편 그 고절된 공간적 특색으로 하여 절대정신의 무한 공간을 상징하기도 한다. 여기서 오히려 "任重路遠"의 발분이 이루어지게 된다.

그렇다면 고산의 이 불굴의 기개는 어디서 연유하는가? 물론 대부분이 儒者的 일반성에 혹은 당대적 관습에 기인함을 부인할 수 없다. 문제는 이 일반적 관습이 어떤 경로를 통하여 고산 개인에게 특수화하여 나타나는가 하는 점이다.

시루봉 동쪽 기슭에서도
오막살이 초가집에다 내 몸을 맡겼네.
떠나고 머무는 것은 오직 임금의 명령에 달렸으니
죽고 사는 것도 임금의 어지신 마음에 내맡겼네.
이웃들에게 큰 웃음을 끼쳐 주고는
긴 노래로 귀신들을 감동시켰으니,
묵은 따비밭은 언제 태워야 하나
봄이 되면 농부들에게 물어 보리라.
- 시 <다시 앞 시의 운을 쓰다> 全文

進退, 得失 나아가서는 生死의 차별을 뛰어넘은 경지를 보여주고 있다. "큰 웃음(大笑)" 또 "긴 노래(長歌)"가 던지는 정서적 진폭을 고산은 어떻게 획득할 수 있었을까? 농사 일이 농부의 직분이듯이 이 새로운 정신적 경지도 고산만이 알 수 있는 비밀일까?

맞아들이지 않아도 청산이 문 안으로 들어오고
온 산에 핀 꽃들이 단장하고 조회하네.
앞 여울 물소리가 시끄러워도 꺼리지 않으리라.
시끄러운 세상 소식을 들리지 않게 해줄 테니.
- 시 <집을 짓고 나서 흥에 겨워> 全文

농부가 땅의 비밀을 알고 있듯이 고산은 자연이 들려주는 소식을 들을 수 있는 바탕을 지녔기 때문이었다. 자연은 모든 인위가 던지는 장애를 극복하여 순연한 본래로 돌아가게 하는 놀라운 치유의 능력을 지녔던 것이다. 자연 속에 들어가 자아의 내면이 자연 현상에 감응하고 자연 현상이 또한 내면화되어 그려놓은 듯한 경지로 동화될 때에 고산의 예술적 기질은 원만하고 자족한 상태로 발현된다.

성긴 대밭에 서리지며 새벽바람이 이는데
한 바퀴 밝은 달은 먼 하늘에 걸려 있네.
거문고 몇 곡조만 뜯으면서도
숨어 사는 사람은 끝없이 창랑의 흥취를 즐기네.
- 시 <옛시에 차운하여 가을밤에 우연히 읊다> 全文

가을 새벽 댓바람 소리 울리고 달은 높이 떠올라 있다. 거문고 몇 곡조에 무한한 정회가 일어나 마치 신선의 경지에 든 듯하다. 忘我의 지경이며 무한한 흥취와 여유가 있는 한가로움이 마련된다.

누대 서넛이 푸른 가운데 있어
맑은 풍경 소리가 멀리까지 들려오네.
지팡이를 짚은 시인은 다리에 와서 쉬고
선학은 새끼를 데리고 물을 스치며 날아가네.
높은 산골짜기의 달은 부슬비를 밀어내고
상방의 스님은 저녁연기를 띠고 돌아가네.
누가 꽃다운 풀들을 빈 골짜기에 머물게 했나.
섬돌 아래 해바라기가 저녁 햇빛 속에 산뜻해라.
- 시 <대둔사에서 놀다가 처마에 걸린 시에 차운하다> 중에서

마치 한 폭의 그림과 같은 정경이 묘사되어 있다. 소리와 빛깔과 형체와 정경이 구족한 상태로 어울려 있다. 이런 상태를 체험한 내면으로는 닥볶이는 현세도 담담히 수용할 수 있다.

오사건 위로 푸른 산이 우뚝하니
사십 년 살아온 마음이 맑고도 분명해라.
만리 장풍을 타지 못하면
오호의 내 낀 물결이 내 앞길일세.
갈매기와 학으로 벗을 삼고
소나무 대나무와 잘 사귀어 형과 아우를 만들리라.
큰 벼슬도 깨끗한 벼슬도 다 필요치 않아
여러 산들을 훑어보니 물과 구름이 맞닿아 있네.
- 시 〈유상주의 시를 받들어 차운하다〉 全文

갈매기와 학을 벗 삼고 소나무와 대나무를 형제 만드는 경지는 〈五友歌〉에서도 확인되는 바이어니와 여기서는 특히 맨 끝 구의 末字 "平"에 작자의 경지가 압축되어 있다. 절제된 내면에서 우러나오는 이 경지는 실은 "맑고도 분명한 [耿耿明]" 심리적 상태가 바탕이 된 것이다.

이제까지 고산의 시인적 내면이 현실의 제약으로 굴절되었다가 자연을 통하여 회복되는 과정을 살펴보았거니와 이 과정은 강호 자연과 정치 현실의 대립항 사이에서 갈등하는 조선조 사대부 문인에게 일반적인 것이기도 하였다. 그런데 고산은 이 일반성 외에 예술적으로 보다 심화된 특성을 지니고 있었다. 어찌 보면 審美的이고 나아가 耽美的이라고까지 할 만한 고산의 특질을 대변하는 것은 무엇보다도 음악에 대한 기호였다. 경원 유배 시에 거문고를 얻어 연주하며 소일하다가 시비의 발단이 된 것은 잘 알려진 사실이거니와, 거문고의 명인에 대한 각별한 애정을 드러낸 한시 <贈別權伴琴>를 보면 음악에 대한 고산의 경도가 얼마쯤인지 잘 알 수 있다. 이 각별한 기호의 경도는 얼마쯤 고산의 개인적 기질에 연유하지만 시대적 조건-17세기의 사대부들이 지녔던 구체적인 경제적 기반에서 출발하는 예술 애호의 일반적인 경향-에 크게 영향 받았다고 할 수 있다.

예술적 기질을 지닌 특수한 개인의 면모를 파악함에는 특정한 기호나 취미보다는 예술 전반에 대한 안목-예술관이라고도 할 수 있다-이 얼마나 출중한가를 살펴봄이 중요하다.

사물의 이치에 감상할 거리가 있어
매화를 버리고 묵매를 취했네.
아름다움을 품으면 가장 아름다운 걸 알았으니
겉모양 꾸미는 것이 어찌 좋은 감이랴.
스스로 감추어 옛 성현을 따르고
티끌 속에 함께 묻혀 속세의 시샘을 피하네.
복사꽃과 오얏꽃을 돌아다보니
시중이나 들기에 알맞겠구나.
- 시 <묵매> 全文

고산의 예술관을 일단을 엿볼 수 있는데 내용의 실질을 숭상하는 기풍을 채색화보다는 수묵화의 평담을 취한 사례를

소재로 하여 토로하였다. "복사꽃과 오얏꽃(桃與梨)"은 내용의 실질을 떠난 浮薄輕躁를 비유한다. 고산의 예술관이 이처럼 내용과 형식, 의미와 표현의 양면에 대한 실제적 체험에서 우러나온 심도 있는 사유에 바탕하고 있음은 앞서 언급한 거문고 명인 權伴琴에게 준 시조에서도 엿볼 수 있다.

소리는 或 이신들 ᄆᆞᆷ이 이러ᄒᆞ랴
ᄆᆞᆷ은 或 이신들 소리를 뉘 ᄒᆞᄂᆞ니
마음이 소리에 나니 그를 됴하ᄒᆞ노라
(贈伴琴)

고산은 한 사람의 예술 애호가로서 거문고 명인을 가까이 하다가 마침내는 거문고(음악)와 사람이 혼연일체 된 경지(그 경지에 대한 명명이 "伴琴"이다)를 체험하고 예술에 대한 사유를 재정비한다. "소리"는 곧 표현된 형식 전반을 포괄하는 말이고 "마음"은 그 속에 함축된 의미 내용을 포괄하는 개념이다. 이성적 사유의 승화된 경지가 예술을 통해 이루어질 수 있다는 견해는 동양의 유가적 예술관의 바탕을 이루고 있거니와 한 사람의 儒者로서 17세기의 조선이라는 특수한 국면에 처했던 특히 예술적 기질이 천부적으로 풍부했던 고산에게 있어 현실과 이상의 양항 대립을 해소할 수 있는 至純한 방안은 예술 외에 달리 찾을 수 없었던 것이다.

눈은 청산에 있고 귀는 거문고에 있으니
이 세상 무슨 일이 내 마음에 들어오랴.

가슴에 가득한 호기를 알아줄 사람이 없어
한 곡조 미친 노래를 혼자서 읊네
- 시 〈낙서재에서 우연히 읊다〉 全文

전 영혼이 자연과 예술에 투사되어 있는 자는 속세적 가치
의 우열을 초극한다. 이 경지는 상대성을 부정하는 절대적
인 경지이다. 여기서는 우연이야말로 아무런 관계의 간섭을
받지 않는 자유로운 필연이다. 시인의 개성이 순연하게 드
러나는 상태가 이 작품에서 실현되었다. 구애받지 않는 시
상의 흐름과 더불어 음악소리인 듯 혹은 물소리나 바람소리
인 듯한 음률의 흐름- 이 좋은 소리의 울림 속에 고산의 예
술가적 전 면모가 악여하게 드러났다.

지금까지 우리는 고기를 낚는 실생활의 어부가 아니라 바다
라는 자연 물상의 관념적 특징을 낚는 심미적 어부인 고산
이 현세에서는 실현 불가능한 이상경을 구태여 현실 공간에
서 확인하고자 한 저의를 이해해 보고자 하였다.

- 윤덕진(연세대 교수, 문학박사)

연보

1585년   공의 성은 윤씨이고 휘는 선도이며, 자는 약이(約
而)이다. 그의 선조는 호남 해남현 사람이다. 고조의 휘는 효
정(孝貞)인데, 생원에 합격했지만 숨어 사는 것을 덕으로 여
겨 벼슬하지 않았다. 호는 어초은(漁樵隱)이며, 호조참판에 추
증되었다. 증조의 휘는 구(衢)이고, 호는 귤정(橘亭)이다. 문과
에 급제했으며, 문장과 절행(節行)으로 당세에 이름났다. 중
종 초년에 정암 조광조 등 여러 현인들과 경악(經幄)에 드나
들며, 임금의 덕을 도와 바른 곳으로 이끌었다. 장차 크게
쓰이려 했는데, 끝내 북문의 화를 당하였다. 귀양갔다가 전
원으로 돌아와 세상을 마쳤다. 벼슬은 홍문관 부교리였으며,
이조판서에 추증되었다. 두 아들이 있었는데, 맏아들 홍중(弘
中)은 문과에 급제하여 예조정랑을 지냈으며, 예조판서에 추
증되었다. 둘째 아들 의중(毅中)도 문과에 급제했으며, 벼슬
이 의정부 우참찬에 올라 선조조에 이름난 재상이 되었다.
예판공은 아들이 없고, 참찬공은 두 아들이 있었다. 유심(唯
深)은 벼슬이 예빈시(禮賓侍) 부정(副正)에 이르렀으며, 유기(唯
幾)는 문과에 급제하여 벼슬이 수(守) 강원도 관찰사에 이르
렀는데, 이가 예판공의 뒤를 이었다.
관찰공은 능성 구시 현령 운한(雲翰)의 딸에게 장가들었는데,
역시 아들이 없었다. 그래서 공(선도)이 부정공의 둘째 아들
로 관찰공의 뒤를 잇게 되었다. 그의 어머니 순흥 안씨는
회헌(晦軒) 문성공(文成公 安珦)의 후손이고 좌의정 현(玹)의 손
녀이며, 승의랑 계선(繼善)의 딸이다. 만력 정해년(1587) 6월

21일에 서울(종로구 연지동)에서 공을 낳았다.

1585년   여덟 살에 출가하여 큰 집의 뒤를 이었다. 공이 처음에는 좋아하지 않았지만, 얼마 뒤에 윤리와 종사의 귀중함을 생각하여 양부에게 효성을 다하여 섬겼다. 관찰공이 "나는 아들이 없었지만 효자를 얻었다. 나는 한이 없다"라고 하였다.

1596년   열 살이 넘으면서 산속 절에서 글을 읽었다. 절의 스님이 수륙대회(水陸大會)를 베풀었는데, 선비와 스님들이 구름처럼 몰려들어 구경했지만, 공은 홀로 단정히 앉아서 움직이지 않았다. 태연자약하게 글만 읽어, 사람들이 모두 기이하게 여겼다.

기묘사화 이후에 『소학』이 세상에서 크게 금해지자, 부형들이 자제들에게 읽지 못하도록 경계하였고, 이 책을 가진 사람도 드물게 되었다. 공이 일찍이 옛책들을 점검하다가 이 책을 찾아내 읽어보더니 기뻐하면서, "배울 만한 사람과 본보기가 모두 여기에 있구나" 하더니, 드디어 이 책을 전공하였다. 몇 년이나 반복하여 수백 번이나 읽었다. 이때부터 공부가 순수하게 무르익고, 의리도 관통하였으며, 문장도 또한 크게 나아졌다.

1608년   무신년 여름에 (양어머니) 구씨 부인의 상을 당하였다.

1609년   기유년 가을에 (친어머니) 안씨 부인의 상을 당하였다.

1612년   임자년 가을에 진사에 합격하였다. 이때 소암 임숙영이 글을 잘한다고 이름났는데, 공이 평소에 지은 시를 보고 '당대제일'이라고 칭찬하면서, "이 사람이 반드시 장원할 것이다"라고 하였다. 시험에 나아가게 되자, 공이 지은 글이 당연히 으뜸이 되었다. 그러나 고시관이 억지로 2등에 놓자, 논하는 자들이 아쉬워하였다.

겨울에 부정공이 병으로 눕자, 공이 밤낮으로 병구완을 하였다. 몇 달 동안 띠도 풀지 않고, 옆을 떠나지 않았다. 장차 세상을 떠나게 되자 공이 청하기를 "서모(庶母)가 몇 년 동안이나 받들어 모셨는데, 이제 어찌 재산을 나눠 주시지 않으시겠습니까?"라고 하였다. 부정공이 말은 못했지만, 얼굴빛으로 허락하였다. 공이 곧 종이와 붓을 스스로 가져다가, 부리던 노비들의 문서를 그에게 주도록 하였다.

1615년 을묘년 봄에 상복을 벗었다. 이때 광해군의 정치가 어지럽고, 얼신 이이첨이 정권을 전횡하고 있어서, 꾀이고 속이며 착한 무리들을 해롭게 하였다. 자기 무리를 널리 심어서 흉악한 짓을 자행했으며, 자기 뜻을 거스르는 자가 있으면 곧 귀양보냈다. 공이 충성스러운 분기를 참지 못하며, "내가 대대로 녹을 먹는 집안에 태어나 지금은 비록 포의(布衣)의 신세지만, 임금이 위험한 것을 차마 앉아서 보고만 있을 수 없으며, 나라가 망하는데 입을 다물고 있을 수 없다"면서, 드디어 관찰공에게 편지를 올리고 극렬한 글로써 항소하였다… 먼저 임금의 권력을 제멋대로 뒤흔든 이첨을 죽이고, 그 다음으로는 (류)희분과 (박)승종이 임금을 망각하고 나라를 저버린 죄를 다스리라고 청했다. 또 상국 이원익·이덕형·심희수 같은 여러 원로들과 홍무적·정택뢰 등이 상소했다가 이이첨에게 미움을 받아 잇달아 귀양 간 일에 대해서도 말했는데, 말이 매우 격렬하고도 절실하여 어두운 임금이 깨우치기를 바랐다. 광해군이 그 상소를 내려 보내며 대신들에게 의논하라고 하자, 대신들이 모두 이이첨을 두려워하며 감히 말하질 못했다.

1617년 이듬해 정사년 2월에 비로소 경원 유배지에 이르 렀다. 경원은 북도에서도 가장 끄트머리 바닷가에 있는데, 서울에서 2천여 리나 떨어졌다.

1618년 이 무렵 상소하다가 북쪽 변방으로 귀양 간 선비들이 많았는데, 이이첨이 마음속으로 불쾌히 여겨, "북변으로 보낸 여러 사람들이 오랑캐 땅과 가까우니, 반드시 오랑캐와 서로 통할 것이다"라고 말하면서 모두 남쪽 변방으로 옮겼다. 공도 역시 옮겨져 기장으로 유배되었으니, 무오년 겨울이다.

1619년 기미년 여름에 관찰공이 세상을 떠났는데, 공이 예절에 넘게 슬퍼했다. 빈소에 있지 않다고 해서 상중의 절차를 조금도 게을리 하지 않았으며, 제수를 갖춰 빈소로 보내 차리게 했다. 제문을 지어 지극히 애통한 마음을 펼쳤으니, 보는 자들이 슬퍼하였다. 그때 속전(贖錢)을 바치면 중도부처(中途付處)한다는 명령이 내렸는데, 서울에 살던 공의 서제(庶弟)가 공을 위해 이 일을 해보려 했다. 공이 그 소식을 듣고 그를 말리면서 말했다. "의리로 보더라도 감히 할 수 없는 일이지만, 재력으로 보더라도 역시 할 수 없는 일이다" 다른 사람이 또 말하기를 "너무 괴롭게 사서 고생한다"고 하자, 공이 말하기를 "(내가 한 일이) 의로운지 아닌지는 감히 자신할 수 없지만, 고생과 즐거움에 대해서는 계산할 바가 아니다"라고 했다.

1623년 계해년 3월에 인조가 반정했다. 공이 금오랑(金吾郞
종5품)으로 부름받자, 비로소 관찰공의 묘에 달려가 곡하였
다. 얼마 안되어 파직되자, 해남으로 돌아왔다.

1628년 무진년 봄에 임금(인조)께서 두 대군의 사부(師傅)를
문관과 음관 가운데 제일가는 사람으로 고르라고 명했는데,
공이 첫째로 추천되어 임명되었다. 첫째 대군은 효종이니,
봉림대군이 임금 되기 전이었다. 둘째 대군은 인평이다.

1629년 기사년 겨울에 임기가 다 되어 벼슬을 옮겨야 했
는데, 임금이 "공이 마음을 다해 교훈하였을 뿐만 아니라
몸가짐과 일처리도 사표에 부합된다"고 하면서, 이조에 명
해 비록 다른 자리로 옮기더라도 내년까지는 사부 자리를
겸하게 해달라고 했다. 이때부터 여러 차례 벼슬을 옮겼지
만, 모두 대군의 사부를 겸하였다. 기한이 되면 다시 임명하
여, 처음부터 끝까지 5년이나 했다.

1630년 경오년에 공의 두 아들이 사마시에 합격했다.

1631년 신미년 봄에 공이 몇 친구를 데리고 양주 고산에
있는 별장으로 놀러갔는데, 내전(內殿)에서 술과 안주를 잘
차려 보냈다. 처음 관찰공의 초상을 치를 때에 상주가 없어
서 고향으로 돌아가 장사지내지 못하고, 양주 노원에다 임
시로 장사지냈었다. 공이 유배지에서 돌아와 십년 동안 경
영하여, 이 해에 비로소 해남에다 새 묘를 마련하고 이장했
다.

1632년 임신년에 공이 병에 걸려 거의 위독했는데, 임금
이 날마다 약과 음식을 내렸다. 병이 낫자, 그제서야 그쳤

다. 공이 처음으로 호조좌랑(정6품)에 옮겨졌다가, 곧 공조정랑(정5품)으로 승진했다. 또 사복시 첨정(僉正 종4품)으로 승진했다. 대간들이 "너무 빨리 4품으로 승진되었으니 개정하라"고 청했지만, 임금이 듣지 않았다. 한성부 서윤(庶尹 종4품)으로 옮겼는데, 병으로 그만두고 해남으로 돌아갔다.

1633년 계유년에 증광별시(增廣別試)에 급제하여 세자시강원 문학(文學 정5품)에 임명되었다. 이 해 가을에 관서지방 경시관(京試官)이 되었다.

1634년 갑술년 봄에 공을 관서지방 수령으로 추천하기도 하고, 호서지방의 막료로 추천하기도 했는데, 공을 밖으로 내보내려고 한 것이다. 성주에서 어떤 아전이 목사에게 칼질한 사건이 일어나 현(縣)으로 강등되었는데, 임금이 새 수령을 잘 뽑으라고 명하여 공이 현감에 임명되었다. 이 해 여름에 사간 김령과 함께 『옥당록』(玉堂錄)에 들었지만, 도당에서 모두 삭제되었다.

1635년 을해년 겨울에 병으로 사퇴하기를 청했다. 감사가 지난날의 감정 때문에 뜬소문을 덧붙여 파직시키라고 아뢰었다. 그러자 대간에서도 아울러 일어나 공을 공격했지만, 임금이 끝내 듣지 않았다. 공은 이에 고향으로 돌아가 문을 닫아걸고 스스로 몸을 지켰다.

1636년 병자년 12월에 청나라 사람들이 쳐들어와, 형세가 아주 다급해졌다. 공·경·대신들이 종묘사직·원손·대군을 모시고 먼저 강화도로 향했고, 임금의 행차가 출발하여 남대문에 이르렀는데, 적군의 선봉은 아미 사현(沙峴)에 이르렀다. 임금의 행차가 다시 동문으로 나와, 남한산성에 들어

갔가. 공은 이때 해남에 있다가 변란 소식을 들었다.

1637년 이에 공이 고향의 친척과 집안의 종들을 규합하고, 배 한 척을 구해 길을 떠났다. 공은 검찰사 김경징이 큰 임무를 결코 감당치 못할 것을 알고, 반드시 강화도가 함락되기 전에 도착하려고 했다. 밀물이 드나드는 것도 헤아리지 않고, 바람이 순조로운지 거슬리는지, 날씨가 밝은지 어두운지도 헤아리지 않으며, 위험을 무릅쓰고 밤낮으로 달렸다. 수군의 여러 장수들을 만나면 빨리 달리라고 반드시 힘써 권했다. 공이 탄 배가 선구(船具)나 격졸(格卒)이 (관군의) 전선(戰船)에 전혀 미치지 못하지만, 먼저 출발한 수군들이 도리어 공보다 늦었다. 공과 함께 강화도에 도착한 자는 오직 통영(統營) 수군뿐이었다. 그러나 강화도에 도착하고 보니 이미 함락된 뒤였다. 공은 통영 중군 황익·첨사 변언황·조광필 등과 서로 모여 통곡하며 하루를 머물렀다.

해남으로 돌아온 뒤에, (청나라와) 화의가 이뤄지고 임금의 행차가 도성으로 돌아왔다는 소식을 비로소 들었다. 공은 배에서 내리지도 않고, 장차 탐라도에 들어가 살기로 했다. 배가 보길도를 지나는데, 봉우리가 빼어나게 아름답고 골짜기가 깊숙한 모습을 바라보다가, 공이 말했다. "이 곳이 살 만하다" 드디어 나무를 베어 길을 만들었는데, 산세가 주위를 둘러 바다 소리가 들리지 않고, 맑고도 상쾌했다. 천석(泉石)이 뛰어나게 아름다워, 참으로 세상을 벗어난 선경이었다. 드디어 부용동(芙蓉洞)이라 이름했으며, 격자봉 아래 집을 짓고 낙서재(樂書齋)라 편액을 걸어 늙어 죽을 때까지 지낼 계획을 세웠다.

1638년 무인년 봄에 대동 찰방(종6품)을 제수받았지만, 병을 핑계로 나아가지 않았다. 당국자들이 공을 매우 질투하여, 여러 가지로 탄핵거리를 캐어냈다. 공이 배를 타고 강화도에 도착했다가, 임금의 행차가 서울로 돌아간 것을 알고도 끝내 달려와 문안드리지 않았으며, 피난 온 처자들을 약탈해 섬 안에다 감추고 벼슬도 하지 않았다고 탄핵하면서, 공의 아전들을 잡다 심문했지만, 모두가 사실이 아니었다. 의금부에서는 "몸이 먼 지방에 있으면서도 변란 소식을 듣고 분개하여 사비로 배와 사공들을 갖추고 천리 길을 달려왔으니, 비록 때에 미치지는 못했지만 그 충성이 가상타"고 했다. 임금도 역시 그 억울함을 살피고, 다만 달려와 문안드리지 않았다는 죄만으로 영덕에 유배하였다.

1639년 이듬해 기묘년에 용서받아 보길도로 돌아왔다. 집안일은 아들 인미에게 맡기고, 수정동에다 집을 짓고 살았다. 뒤에 또 문소동(聞簫洞)과 금쇄동(金鎖洞)을 얻었는데, 두 곳이 모두 그윽하고도 깨끗했으며, 수석의 운취가 있었다. 공이 언제나 이곳을 오가며 소요했고, 집안의 큰 제사가 아니면 본집으로 돌아간 적이 없었다.

1644년 인조가 몸이 좋지 않아, 내의원에서 공을 불러다 약을 의논케 했다. 공은 병으로 나아가지 못했다.

1645년 을유년에 소현세자가 세상을 떠났다. 효종(봉림대군)이 잠저(潛邸)에 있다가 세자 자리에 올랐다.

1646년 병술년에 (세자빈) 강씨의 옥사가 일어났다. (3월에 사사되었다) 소현세자의 셋째 아들이 제주도에 안치(安置)되었다.

1649년 기축년 여름에 인조가 세상을 떠나고, 효종이 즉위했다.

1651년 가을에 보길도 부용동에서 「어부사시사」 40수를 지었다.

1652년 임진년 봄에 임금이 『서전』(書傳)을 강하면서, 몇 군데 의심나는 곳이 있었지만 경연에 참여한 신하들이 대답하지 못하는 것이 많았다. 임금이 공의 경학을 생각하고, 곧 명하여 벼슬을 내렸다. 임금의 뜻은 홍문관의 직이나 양사(兩司)의 직을 주려는데 있었지만, 전관(銓官)들이 "사예(司藝)도 역시 관직(館職)입니다"라고 하여, 드디어 (성균관) 사예(정4품)을 제수했다. 임금이 직접 교서를 지어 불렀다. 글의 뜻이 매우 간절하여, 공이 (벼슬에) 나아가지 않을 수가 없었다.

얼마 안 되어 특별히 승지(정3품) 벼슬을 내렸는데, 거듭 사양했지만 허락하지 않았다. 경연(經筵)에 들어와 참여토록 명했는데, 의심나는 곳을 물어보면 공이 명백히 해석하여 미심쩍을 구석이 없게 했다. 그래서 임금의 뜻이 공에게 더욱 기울게 되자, 시속의 무리들이 더욱 심하게 꺼렸다. 이튿날 정언 이만웅이 먼저 나서서 모함하는 논의를 꺼내자, 동료의 논의가 그치지 않았다. 공이 듣고 즉시 승정원에 나가 병을 아뢰고, 이튿날 상소하여 시속에 탄핵받게 된 사정을 모두 아뢰었다. 정세가 위급했으므로, 벼슬에서 물러나게 해 달라고 청했다.

공이 드디어 멀리 가지 못하고 고산 촌집에 머물며, 장차 가을이 되면 남쪽으로 돌아가려고 했다. 이 해 여름에 임금이 또 사람을 보내 안부를 묻고, 술과 안주, 그리고 단오절에 하사하는 부채를 내렸다. 8월에 특별히 예조참의(정3품)에 제수했다.…… 10월에 <시무팔조>(時務八條)를 상소했다.

1653년 2월에 보길도 부용동으로 가서 세연정을 증축하고, 제자들을 가르쳤다.

1657년 정유년 가을에 중궁의 병환 때문에 부름을 받고, 서울로 올라가 약을 의논하였다. 겨울에 첨지중추부사(정3품)에 제수되었다. 공이 여러 차례 상소하여, 물러나길 청했다. 임금이 그때마다 따뜻한 말로 머물기를 권했지만, 공도 역시 병이 있어서 돌아가지 않을 수 없었다.

1658년 무술년 봄에 특별히 공조참의(정3품)에 제수되었다. 이때 송준길·이단상 등이 성총을 속이고 곤재(困齋) 정개청(鄭介淸)을 모함하여, 그의 서원을 헐고 위판을 불살랐다. 그의 손자 국헌이 소장을 품고 원통함을 호소했지만, 번번이 승정원에서 물리쳤다. 공은 국시가 어지러워지고 선배 유학자가 모함당하는 것을 통분히 여겨, 수천 마디 소장을 지어 명백하게 변론했다.…… 공을 공격하고 배척하는 것이 더욱 심해졌지만, 임금이 듣지 않고 다만 공을 파직시키라고 명했다.

1659년 이듬해 기해년에 효종이 승하하고 현종이 즉위했다. 공이 대궐 앞으로 달려가 곡하고, 처음 상복을 입은 뒤에 고산으로 돌아왔다. 산릉총호사 심지원이 청하여, 공에게 산지를 살피도록 했다. 공이 왕명을 받고 도성에 들어와, 병이 있는데다 지술(地術)에 어둡다고 사퇴했지만 허락받지 못했다. 첨지중추부사에 제수되어, 총호사와 여러 지사(地師)들을 따라 여러 곳을 살펴보았다. 오직 영릉의 홍제동과 수원부 뒷산이 국장을 치르기에 알맞았다. 여러 지사들도 모두 찬성했다. 임금이 "(영릉의) 홍제동은 하룻밤을 자야 하는데 다 어머니의 뜻에 어긋난다"면서 드디어 수원으로 정했다.

산릉 문제와 조대비의 복제 때문에 남인과 서인 사이에 대립이 생겼다. 공은 송시열과 송준길의 주장을 반박하면서, 조대비가 맏아들을 위해 삼년 상복을 입어야 한다고 주장했다. 공의 소장이 올라가자, 안팎이 크게 놀랐다. 승정원에서 먼저 시작하여, 삼사(三司)와 관학(官學)에서 잇달아 일어났다. 공을 반드시 죽이려고 하면서, 공의 말이 선왕(孝宗)을 범했고, 유학자들을 모함했다고 논했다. 임금이 격노하여, 공을 삼수(三水)로 안치시켰다.

이 해 겨울에 예설(禮說) 두 편을 지어, 상소문에서 미처 다 밝히지 못했던 뜻을 분명히 드러냈다.

1661년 신축년 여름에 가뭄 때문에 심리(審理) 하다가, 공의 유배지를 북청으로 옮겼다. 공의 짐작으로 "반드시 뒷공론이 있어 떠나지 못하게 될 것이다" 했는데, 과연 얼마 뒤에 논의가 다시 일어나 삼수에 그대로 있게 되었다. 삼수는 우리나라에서도 가장 살기 힘든 곳이므로, 당시 논의하던 자들이 반드시 공을 이곳에 오래 두려고 했던 것이다.

대간(臺諫)이 공의 죄를 다시 논하여, 위리(圍籬)를 더하기로 했다. (위리안치 시킨 것이다) 공이 지은 예설(禮說)을 보고 송시열이 더욱 노했기 때문이었다.

1662년 임인년 봄에 공의 맏아들 인미(仁美)가 문과에 급제하여, 장차 공을 찾아가게 되었다. 대신들이 드디어 심리하여, 임금에게 위리(圍籬)를 철거하도록 아뢰었다.

1663년 계묘년 여름에 내(이 「시장」을 지은 홍우원)가 수찬(정6품)

의 명을 받고, 시국에 관한 일들을 상소했다. 공이 논했던 종실(宗室) 적자(嫡子)의 설이 과연 명백하고 확실하여 바꿀 수 없는 의논이라고 주장하면서, 공을 석방하라고 청했다.

1665년 을사년 봄에 유생 성대경도 또한 상소하여, 공을 석방하고 언로(言路)를 열어 달라고 청했다. 그러나 모두 답이 없었다. 이때 또 가뭄이 들어 심리했는데, 공의 유배지를 집 가까운 곳으로 옮기라고 명하여, 드디어 광양으로 옮기게 되었다. 3월에 삼수를 떠나, 6월에 광양에 이르러 백운산 아래 머물게 되었다. 광양도 역시 남방에서 살기 힘든 곳이었으므로, 당시 집권자들이 일부러 공을 이곳에 머물게 한 것이다. 공은 몇 년 동안 머물렀지만, 끝내 아무런 탈이 없었다.

1667년 정미년 여름에 또 가뭄이 들어 심리했는데, 공은 자지를 못했다. 가뭄이 더욱 심해지자, 유생 이석복이 상소하였다. 공을 석방하여 하늘의 뜻에 응하고 재앙을 그치게 하라고 청했지만, 답을 듣지 못했다. 7월이 되어도 가뭄이 그치지를 않자, 다시 심리하게 되었다. 임금이 공을 석방하려고 대신들에게 묻자, 이경석과 정태화가 모두 찬성했으며, 송준길도 역시 석방하는 것이 좋겠다고 했다. 오직 좌의정 홍명하만이 고집하고, 오두인과 이유상 등이 역시 다투어 고집하기를 마지않았다. 임금이 듣지 않고 승지에게 명하여, "윤선도는 선왕께서 융숭하게 대하던 신하인데다, 나이가 여든을 넘었으니, 특별히 놓아 보내라"고 쓰게 했다. 드디어 좌우에서 다시는 말하는 사람이 없게 되었다. 8월에 공이 해남으로 돌아와 선영 앞에서 꿇어 절했다. 9월에 부용동으로 들어갔는데, 이때 나이가 여든 하나였다.

1671년 신해년 6월에 아무런 병도 없이 낙서재에서 세상을 마쳤다. 춘추가 여든다섯이었다. 아들 인미 등이 널을 모시고 바다를 건너와, 이 해 9월 22일 문소동 옛터에 북북서쪽을 향해 장사 지냈다. 유지를 따른 것이다.

1672년 이듬해 임자년에 임금이 명하여, 그 벼슬을 되돌려 주었다.

* 이 연보는 『고산유고』에 부록으로 실린 「시장」(諡狀)에서 필요한 부분을 그대로 번역한 것이다. 1678년 9월에 남인의 영수였던 영의정 허적(許積)이 윤선도에게 시호를 내려달라고 청하자, 임금이 시호를 의논케 했다. 그래서 윤선도의 손자 이후(爾厚)가 가장(家狀)을 준비하여, 승정대부 이조판서 홍성원에게 시장을 지어 달라고 청했다. 홍성원이 지은 이 「시장」이 윤선도의 생애를 가장 자세히 보여 주는 자료이다. 윤선도의 시호는 충헌(忠憲)이다.

[原詩題目 찾아보기]

韓國의 漢詩 · 29

孤山 尹善道 詩選

옮긴이 · 허경진
펴낸이 · 이정옥
펴낸곳 · **펑민사**
1996년 9월 10일 초판 1쇄 발행
2007년 4월 25일 초판 3쇄 발행
2020년 7월 15일 2판 1쇄 발행

주소 · 서울시 은평구 수색로 340, 동일빌딩 202호
전화 · 375-8571(영업)
팩시 · 375-8573
E-mail · pyung1976@naver.com
등록번호 · 제25100-2015-000102호

값 12,000원

* 잘못 만들어진 책은 바꾸어 드립니다.